洞《ガ》窟《マ》から

目次

表紙画　比嘉武史

洞窟《ガマ》から

「オイ、この村、おかしくなったと違うか」

「うん……自分の村に帰って来た感じがしない。村の人たちも二、三年前から落ち着かなくなってきているんだよなあ……」

「だっからよ。俺らの家とは違うハイカラなものが建ち始めたと話していたら、あっという間にあれだけになってしまって」

「此処《ここ》の、住人の家が五十二戸だからなぁ。それにぼくたちは砂糖きびをつくって生計を立てているのに、彼奴《あいつ》らは新婚旅行さんたちの好むレストランとか喫茶店やってて、みんな海が眺められるようにガラス張りの北向きになっている。村のものは南向きで山を見て暮らしているというのに。今度建ったところは奥さんがハワイ式のエステをやって旦那は幾つかある赤瓦のコテージで観光客を泊めるといってたなあ。隣の伯母さんもきび刈りのとき、ウチもエステというものいってみようかねえ、とかいうので調子狂うんだよ」

「う~んなんとかならんか、政夫」

日出男が不満顔で政夫の家を出ていったのは雲間から見えていた陽が、向かいの、ちかくの山へ落ちて間もなくのことだった。帰り際に入れ違いに出て行った男のことが気になるのかしきりに訊《き》いていたが、政夫は黙ったままだった。小学校のころからの弟分である日出男はこのところ頻繁《ひんぱん》に政夫の家に来ては愚痴る。というのもさいきん政夫が仲間と関わらなくなっているということもある。五年前、政夫が帰ってきたということで村に残って農業をしている友人は夜になると若かったころのように押しかけて来ては酒盛りをしていた。それは政夫が小学、中学とクラスの者たちより抜群に成績が良く、高校に入っても市内の連中と肩を並べるリーダー的存在であったからだった。村から大学まで進んだのは政夫一人。それだけに期待するのも大きかったのだ。ところが彼らが知っている政夫ではなくなっていた。生気が無く、寡黙《かもく》でなにを考えているのか分からない。今では唯一、彼の家を訪れるのはずっと歳下の日出男だけになっていた。

数日前、公民館で話題にあがった六十八軒くらいの家が建つ土地はもともと政夫の家のもの。政夫が小学校に入る前に母がマラリアで亡くなったあと、父の広げた耕作地であったが、やむなく手放すことになったのだった。政夫のところだけではない。本土復帰前後の干魃《かんばつ》と台風で砂糖きびをはじめとする稲やバナナなどの農作物が全滅してしまい、農地の規模に違いこそあれ他の家もいくらか売っていた。海端のユウナの木の茂るところなどがそうで、子どものころ海へと下りていった道は通れなくなっている。売却された政夫のところは父の努力の甲斐あってまとまったものだった。村おこしといい、売られた土地を買い戻し再び農地にしたところ若者がUターンしてきて活性化している村もある。これらは農地以外には使えないように行政が農業振興地域という法の網を被せたためでもあった。政夫のところを買った本土企業が宅地でもないところを、空港から十分の楽園というキャッチフレーズで宣伝しているというのを聞いたことがあった。車で十分というのは真っ赤な嘘。一時間余りはかかるものを。ところがその後、トンネルが完成、道路も新たに整備、舗装され、これまで裏地区といわれていた村がなにやら不便なところではなくなりはじめた。そこが数年前に農業振興地域から除外された。しかし市街地の人には車社会にならない前の身に付いた距離感があって、わざわざこんなところに住むことはない。やって来たのはみな本土からの人たちだった。やがて着工される空港が完成すれば村までほんとに短時間で着くようになる。そんなこともあってわけはどうあれ、家が建つごとに政夫は村人から精神的な責めをこうむる。

日出男の両親はこの村のものではない。西の方角にあたる吉原《よしはら》は宮古群島からの移民で、宮古島とは指呼の間である来間《くりま》島から来ていた。その後村から離れた米原《よねはら》の村境ちかくに家を建てている。政夫の母が亡くなったあとになるが、大人たちから聞かされた話では、日出男の母親は来間島一の美人であったという。これに政夫の父が漁からの魚やシャコ貝《ギィーラ》を分け与えたりしているうち恋仲になってしまった。逢い引きの現場を押さえた日出男の父親は、「あがい、お前は俺の妻とこんなことをして、ただではおかない、命が欲しいか、それとも鼻ですませるか」と迫るので逃《のが》れられないと悟った父が、「命だけは勘弁してくれ……」と答えるので、「分かった」と言い、手にした鎌《かま》で鼻を削《そ》ぎ、村のものを仰天させた。こんな乱暴者は村におけないと村八分にされる。そんなことがあってのちようやく出産を迎えた日出男の母親は生まれ落ちた赤ん坊を見るなり気を失ったという。目が、三つあったからだ。これを瘦せたシマ馬に跨《またが》って掘っ立て小屋《アナブリヤー》の建つ移民村を視察にやって来たオグデン少将たちが、日出男に不吉なものを感じたのか沖縄本島まで連れて行き、軍の病院で手術をさせたあと、連れ帰っていた。日出男の目のあった額《ひたい》のところは、いくらかへこんでその周囲を皮膚が赤みをおび突っ張っていたので、大人たちはむかし近海を荒らし回っていた倭寇《わこう》の襲来から島を救った三つ目がいたといい、その人にちなんでティダガマと呼んだ。日出男の額は広く、目と目の間は開きすぎている。それに立派な頭の割に成績は振るわないのでからかわれていた。

　そのころ母のいない政夫を日出男の母親が可愛がってくれたこともあって、学校から帰ると、いつも日出男のところまで行き二人で山羊の草を刈ったりしたのだった。父は複雑な気持ちだったかもしれない。政夫はあんなきれいなひとから日出男のような子どもが生まれるということが理解できなかった。それも島を救ったティダガマという人の名さえ与えられている。酒の飲めない政夫の父は人前に出るのを嫌い、夜は小舟を出し、素潜り漁をしていた。父の使いで吉原へ行っての帰り道、戸の開いた裏座から灯りのちらちらする海に向かって、謡《うた》を唄っている日出男の母を見かけたりすることがあった。

村は傾斜のところを切り開いて通した道路からさらに上の、山裾《やますそ》を削って四、五軒の家が麓《ふもと》へ迫って建ち、通りに沿って横に伸びているから、何処《どこ》の家からでも屋敷裏に回れば海は見えた。村人は台風を恐れなるたけ海から遠ざけて家を建てていた。

村の東へ行くには大小の峡谷《きょうこく》が海の岩場まで下っていて渡るのは困難を極めた。政夫が中学一年生のころ島を一周する道路の完成とともに四つの橋が架けられている。そこを過ぎると道路脇のところどころに田圃《たんぼ》があり、二十分くらいするとハスノハギリやアダンの茂るキャンプ場にたどり着く。以前は道路沿いに農家が数軒建っていたが、今では観光客目当ての土産《みやげ》店を兼ねた焼き物工房があって、レンタカーによるドライバーの目を惹《ひ》こうとしているのか、二十数体の奇をてらった宇宙人もどきの大きなけばけばしい不快なものが建てられている。ここから歩いていくと島では一番大きいと思われる枝振りのいいクバデーサーの樹がバス停にあって、ここいらでは割合と広い田圃《たんぼ》になっていて左側の段差のあるところには糸芭蕉がやわらかい葉を風になびかせている。この、のどかな田園風景に向かい合うようにして、貝細工の小さな店に黒真珠売店、ラーメン屋、豚カツ屋、パン屋などがならび、その先百メートル左手の浜辺近くに公民館があり、中腹あたりを眺めると野ヤシ群落が目に映る。

ここまでたどって来ても村人の営む商売らしい店は無いといってもいい。もっともキャンプ場の奥まったところには小さな雑貨店があって細々と営んではいる。キャンプ場の浜から公民館前の浜まで夏場になると地元の若者や観光客が押しかけ賑わう。このキャンプ場を中心とした一班と政夫の家のある二班とで米原という一つの村が存在するが、この辺りではまだ政夫の住んでいるところのように急速な変わり方はしていない。

政夫は高校を卒業すると、戦前は首里城の在った高台に建つ、大学へと進んだ。父からの送金は当てにならなかったので軍の施設でアルバイトをしながら学校に通う。那覇軍港から運び込まれるアメリカ兵の破損した死体を整え、化粧を施し安らかな顔にしたあと真新しい軍服に着せ替え、ドライアイスを詰め込んだ棺桶へ収める作業は、初めのうち吐き気をもよおした。安アパートにたどり着いても身体《からだ》に染みついた屍臭がなかなかとれずへきえきさせられたが辛抱するしかなかった。たまの休日になると一号線沿いの普天間飛行場、キャンプ瑞慶覧、キャンプ桑江、そして嘉手納飛行場近くのロータリーでバスから下り、しばらく歩いて読谷《よみたん》補助飛行場辺りに来ると、立ち止まっては、金網越しに沈む夕陽を見つめたりしていた。

二年の夏休み前のことだった。

一つ先輩の金城というのが、「友だちの叔父さんがコザのセンター通りでAサインバーをやっているんだが働いてみないか。いまのアルバイトよりずっと金になるぞ」という。英語をいくらか喋れるようになっていた政夫は二つ返事で引き受けた。鏡に映った蝶ネクタイ姿を見ると意外とさまになっている。「おい、知花、なかなかのハンサムじゃないか。お前は背丈もあるし、アメリカーたぁよりモテるかも」と冷やかされる。そのころ基地では鮫の尾みたいな尾翼の黒いB52が離着陸をひっきりなしにくり返していた。

原色のネオンの明かりが、昼間は閑散とした通りを一変させる。特飲街バーの前に立ち、金城と一緒にアメリカ兵の客引きをする。そのうち慣れると、金城は握った右手の人差し指と中指のあいだから親指をくいくい出し入れするしぐさで女の写真をさり気なく見せては、一人あたり七十ドルの交渉をすると、受け取った金をポケットに丸め込み、ビールを出させたあと、裏口から姿をくらませる。酔っぱらったアメリカ兵たちはしびれを切らしからんでいたが、マスターはジュークボックスの音量と女たちの嬌声のなか、言葉が通じないとでもいう仕草でしらばっくれる。翌日、キャンパスで金城に事情を聞くと、「どうせ帰れっこない。危険なところへ送られる黒人兵《ニガー》たちさ」と言うではないか。二、三日休んでまた働くのだとも話す。これに政夫も一度くらいはと心が傾いたが、なかなか決心は付きかねた。そうしているうち、父にトラックターを買ってやるという理由を見つけることで踏み切る。やってみるとどうってことはなく、躊躇《ためら》っていたのが可笑しいくらい。ましてや沖縄でやりたい放題のアメリカ兵ではないかと自分に言い聞かせる。

味を占めその後も金城と、黒人兵白人兵とを問わずアタックする。トイレのドアを開けると、はだけた胸元からブラジャーへ紙幣を押し込められた女が黒人兵とさかんに性交している。喘ぎがトイレに充満する。むっとした生臭さ。コンドームから滴ったタイルの精液で靴底がぬめる。彼らがベトナムへ向かう前日など、レジスターに入りきれないドル札がバケツにあふれていた。数ヵ月後に手紙が届く。マスクをした父がトラックターの運転席に乗っている写真が添えられていた。笑った目の父を見て政夫は満足した。

盛りを過ぎた夏がようやく衰えはじめていた。

その日はペイデー（給料日）なので早めに店へ向かう。

マスターの言いつけ通り金城の洗うコップを拭いていると、ドアが開いて赤ら顔のアメリカ兵がぬっと入ってくる。はっとした。コップの割れる音にマスターと金城が顔を合わせる。すばやくカウンター端っこのドアへ向かった政夫を、熊のような大男が毛むくじゃらの腕を伸ばし政夫の襟首を掴むと、ひょいと吊り上げ、カウンターの外へ放り出す。とたん、顔面に強烈なパンチを食らい吹っ飛んだ。視界に火花が散る。顔を覆いながら頭を振って四つんばいになりかけたところを、連続的に蹴りを入れられ、宙に浮く。腹部の激痛を堪えやっとのことテーブルの端に手をつき、立ち上がると、髪を鷲づかみにされて引き上げられ、さらに拳《こぶし》がめり込む。血を吐き、シートに転がる。マスターと金城がアメリカ兵の後ろから絡みつくも振り払われる。ドア近くの柱に叩きつけようとするのか、叫んだアメリカ兵が両手で政夫の身体を持ち上げたとき、入って来たホステスが金切り声をあげ、通りへ出るやいなや大声を張り上げ喚《わめ》いたので、通りがかりのＭＰ（憲兵）が駆けつけ、ようやく助かったようなものだった。病院へ運ばれた政夫の顔は腫れ上がり、歯は三本折れ、肋骨数本にヒビが入っているということで入院。マスターが申し訳なさそうな顔で花束を抱えて見舞いに来る。横で金城が、「お前って真面目なのにまったくついてないヤツだよなあ」と笑っている。退院したのは四週間後だった。その後もB52や戦闘機はベトナムへ向かって飛び続けていた。

政夫の用立てたお金で中古のトラックターを手に入れ、張り切っていた父だったが、四年くらいして運転を誤って横転。トラックターともども傾斜地を転がって畑の中に突き出ている山石に腰を打ち付け、寝たっきりの状態になっている、との便りが届いていた。政夫にとっては思いもよらない事故だった。それから一年ほどして、日出男の父が亡くなった。酒の飲み過ぎがたたったらしかった。日出男の父親が亡くなったあとは、日出男の母が仕事の合間に政夫の父のめんどうをみてくれていた。ところが二人は同じ日に亡くなった。日出男の話によると二人して農薬を飲んだのだという。葬儀を終え政夫が帰ったあともこのことは村の評判であったらしい。

二、三日くらい経《た》って、ネズミ捕り器に餌《えさ》を仕掛けている政夫のところへ日出男が重たそうな頭を振りながら姿を現した日のことだった。

「オイ、政夫、お前、聞いたか」

「なにかあったのか？」

「公民館東側に十三階のホテルが建つそうだ」

「そうか……先週だが、市に高層ホテル申請をした企業が六社があってそのうちの一社というのは知っていた。ちょっと聞いてくれ。二〇〇五年の八重山圏域への観光客が七五万千百八十二人で、初めて七十五万台を突破。これは前の年に比べ三万五千四百五人の増。観光消費額にすると五百二十四億円ということだ。なかでも離島観光の人気は続いているらしく、エコツーリズムなど体験滞在観光の増加やテレビドラマなどマスメディアの影響もあって右肩上がりの伸びをみせているらしい。発表では、二〇〇五年の入域数九十二万三千六百三十六人。その中から入域観光客数を算出すると、空路による観光客はチャーター便を含めて七十二万四千八百五十二人。海路は台湾からのクルーズ船が好調で一万六千七百二十九人が来島。修学旅行も増加して、二〇〇四年は百七校が訪れていることから関係者は今後も修学旅行誘致に力を入れていくといっている。二〇〇六年の目標入域客数は七十七万人と設定。台湾クルーズ船の運行停止や燃料価格高騰に伴う航空運賃の引き上げなど懸念材料もあるにはあるが、日経新聞によると将来性のある観光地ナンバーワンに選ばれ全国から大変な注目を集めているとのこと。新空港建設事業が決定した二〇〇四年秋ごろから県外大企業などによる高層ホテルの建設計画が持ち上がっているというのだ。これまで六件の計画が市に提出されているという。これに対して、あるホテル開発予定地では地域住民の反対の声が上がっている。お前のいうこちらの米原《よねはら》をさしているのだろう。市は自然の景観を残し、乱開発を防ぐことを目的に、昨年六月から施行されている景観法に基づく開発規制を視野に入れ、職員の研修などを行っているらしい。だが、開発申請を行っているある企業は、過去に住民がリゾートホテルの誘致に動いた経緯もあることを指摘。これは真栄里の全日空ホテル前身の日誠総業のことか、それとも川平《かびら》でのことかな。三十六年前のあのころはなにもなかったから。さらにこんなことを。景観が崩れるというが観光で成り立っているハワイなどでは高層ホテルが海岸沿いに建っている。当地、石垣島では観光客が年々増えているので、収容する施設は是非とも必要ではないか、と大型ホテル建設の必要性を強く訴えているのだそうだ」

「やはり、政夫は俺たちとは違うなぁ……」

「なぁに、ほら、このインターネットさ。新聞社のホームページからのアクセスだよ」

「えっ、新聞、俺、新聞なんてあんまり目を通さないが、ここの新聞、八重山日々新聞の新年号に『閻魔大王《えんまだいおう》が斬る！』という言いたい放題のものがあるだろう。読んだか？　おもしろくてなんども読んだので俺でもだいたいおぼえておる。えーっと、こんなふうに書いてあったぞ。本土《ナイチャー》の人はずいぶんと可哀相じゃ。なにもないこんなところに来て、癒《いや》される～なんていっているのだからな。ヤマトはそんなに辛《つら》く、ひどいのか。それとも働き過ぎなのか。あるいはもともとひ弱なのか。とにかく年に七十万人余りもこんな辺鄙《へんぴ》なところまで来て。ここで住むのが夢なのと。だからこのぶんだとナイチャーに乗っ取られる、と上を下への大騒ぎ。確かに今の調子でいけばまず間違いない。

みてごらん、どこでもいけ好かないナイチャーがあちこちで島ンチュのふりして居座っておる。ほんにナイチャーは勤勉で、商売のセンスはいい。口はもちろん上手《うま》い。それに比べて島ンチュはどうだ。何事もテーゲーグヮー（いい加減）主義。これではやられるのは当たり前。また昔から教員や公務員以外は恥ずかしいと思っているのか、コネでなんとか役所に入ろうとする。観光客がこんなにくるのに知恵《ジンブン》あるのはおらんのか。このままだと観光客相手の商売はみんな彼らが取って代わる。来るのはみんなナイチャー、儲けるのもナイチャー。ならば新空港は彼らのために造るようなもの。しかも政治家や役人は無為無策ときている。起業家を育てようともしないから、ワシのみるところこのままではナイチャーに乗っ取られ、島ンチュは近い将来みんな原住民となり果てアゴでこき使われる。市長さんよ、人口も増え全国で一番元気のいいところといわれ手放しの喜びようじゃが、その活性化とやらも中身の問題ですゾ。そこでだ、自分の息子も一人くらいは率先して商人にさせ、さらに商工会と連携して、島の若者たちを立派な起業家に育てるよう奮起してもらいたいと考えるがいかがなものかな。島ンチュもそろそろ公務員オンリーから目覚め、百五十万人の観光客を相手にナイチャーに負けないよう奮起することを願っておる。ところでナイチャーというのはいま一つワカラン。特に自然保護に関してはみんながみんな学者みたいな顔するから理解に苦しむ。自然を壊しているのはアンタたちではないか。海岸近くといわず、山の麓《ふもと》といわず、あちこち景色の良い場所に豪華な家を建てて悠々自適な暮らし。それでいて米原のリゾートとなると反対反対のシュプレヒコール。島ンチュも実は大きなリゾートを好ましいとは思っておらん。しかしそれをみなさん方が、自然が一番、自然が命、あのような大型リゾートができたらたちまちおかしくなりますよ。私たちだって出て行きます！　と喚《わめ》くから、なにを偉そうに、アンタらに言われたくない。大きなお世話と腹を立て無視したくなる。それをまたみなさん方は、自分たちの問題なのに、余りにも無関心、挙げ句の果ては、権力に負けてしまうのか！　とのたまうから、どうぞお好きにやってください！　ということになる。とにかくナイチャーは好き勝手に評価しすぎる。自然がよくて人情もいいからとか。で、ふだんは八重山《エーマ》ヒジュルー（冷たい）といわれる島んチュまでもがついつい、彼らの前でいい島んチュを演じる。確かに、ナイチャーのみなさん方がいうように自然が命。それが今、確実に危うくなっておる。市長が景観法で守れるといっているが、これは四選を目指す三月の選挙向けポーズというもの。極めて難しい。すでに手遅れだろう。現実はそんなに甘いもんじゃない。それくらいは担当者が知っているはずだ。それにしても島の容量というのは限られている。新空港が出来るからといってオーリトーリ（どうぞいらっしゃって下さい）ばかりでなく、島を守るためにはちゃんと入域制限も考え、島んチュと新住民が共生できるルールづくりを急ぐべき。なのに手をこまねいている。いやなにもしない。ところで移住を希望するナイチャーのみなさんたちにワシが仏心《ほとけごころ》でいいたい。八重山はたまに来るからこそ良い。住めば、風景、青い海、青い空、きれいな空気は当たり前になる。島んチュも毎日会うとなるとウンザリするのが多い。嫌われ者のワシがいうから間違いない。それに仕事はない。あったとしても給料は信じられないほど安い。民放テレビなどでおもしろ可笑しく十万円で住めると報じられているようなものではない。住めっこないのは分かり切ったこと。これを真に受けるナイチャーがいるから挫折組も多い。こんなことくらい知っておくべきだろう。閻魔大王のワシは声を大にしていう。南の島の楽園というものからはまったく遠いもんじゃゾとか、なんだらかんだら書いてあっただろう。アイ、お前、読んでないかぁ」

「ああ、アレか。いつも見開きなのに、今年は一面だけでおとなしいほうだったなあ。書いている人が風邪でも引いたのか、あるいは飲み過ぎて疲れたのか。八年前にもナイチャー批判をしたことがあったらしいが、これを酔っぱらったバカナイチャーが苦情の電話を、ばらばらばらばらっと機関銃みたいに掛けてきたという話だぞ。それも朝一番のときには書いた本人もさすがに参っていたらしい。だから島に住んでいるヤブリナイチャーも加えて代わりばんこで日に二、三度、一年間どやし続ければ案外効果あると思うんだが。こんな執拗なことこそ彼らは得意なはずなんだが」

「アイ、アイ、どっちの味方? 俺なんかには、あんなの〜が本音が出ていていいんだよ」

「市の課長などは気が気でないから、そこから真っ先に読むんだって。そして自分に関係することが書かれてなかったらほっとして他のページをめくるという。運悪く、書かれた人は初詣《はつもうで》にも行けず家でシュンとして寂しい正月になる。いっぽう書いた奴は元旦そうそう反応を確かめながら年始回りを楽しんでいるとのことだ。市長は初めて書かれたとき、よっぽど頭に来たのか、八重山日々新聞お断り、と門扉に大きな貼り紙をして新聞配達の少年を困らせたらしい。これは二十年くらいの長寿もので、全国どこを探してもない。情報は落選議員や出世コースからはずれた公務員から得ているとと聞いている。ほかにも、露骨で品位のない、不倫関係を取り上げたプライバシーさえ侵《おか》すものがある。そもそもこういうものを新聞に載《の》せること自体おかしい。これを許している社内の者、見て見ぬふりしている彼の取り巻き、あるいは文化人と呼ばれる人たちにも責任はある。石垣島は合衆国といわれ、いろんなところから人が入ってきているが、もともとのこちらの人は従順で謡《うた》や踊りが好きな人種。いい意味で個人主義の人が多く、お人好しなくらい見知らぬ人を受け入れる。ところが教師や公務員指向が強すぎるから、リスクをともなうことを極端に避けたがる傾向がある。そのためいろんな職種において他所《よそ》から入って来た横着者が調子に乗る。それにしても毎年やり玉に挙《あ》がるのが市長とか議員さん、市の職員たち、それに商工会議所といったぐあいで哀れなもの。それで脛《すね》に傷あるものたちは彼が出入りする飲み屋に顔を出し、ご機嫌を伺っているという話だ。日出男、君もそこへ行って、読んでますよ、実に痛快ですなぁ。もっと過激に書いて下さいよ、といって煽《あお》ってみたら。ぼくより四つ下で、宮古出身だというから気は合うはずだよ」

「あがや、俺らはただ読んで楽しんでいるくらいのもの。なにもそこまでつき合うことは……あっ、そうそうリゾートのことだが、もう手遅れだというのもいるが、どんなになるかぁ」

「それより、さいきん米原に住んでいる、〈石垣島の自然と景観を考える連絡協議会〉と〈石垣島赤土監視ネットワーク〉らが市に公開質問状を提出している。その公開質問のなかで、市民への計画内容の説明について、米原におけるリゾート開発問題は、この島を愛するすべての人の問題であり、景観としての自然、生態系としての自然は一地域だけを切り取って考えることはできない。今月末に予定されている米原地区での事業説明会を、地域住民だけでなく、市民だれもが参加できる説明会にするよう行政指導をと。また環境アセスについては、企業が実施したものは現地調査三日で、海域調査は行わず、古い文献からの歪曲《わいきょく》した引用を用い、なかには改竄《かいざん》としか思えない部分もあり、調査結果は信用できないとして、市民参加型の合同環境アセスメントを実施するよう要請指導を求めている。監視ネットワークの代表は、島の中でサンゴ礁が非常に健全な場所が計画地のなかにあると述べ、米原海岸のサンゴ礁調査写真を見せながら、米原の海岸がアカウミガメやタイマイの産卵場所にもなっていることを説明していたらしい」

「ハァー、これはあの、閻魔大王にあった学者みたい連中のことだな」

「そうだろうなあ……また、連絡協議会代表格の方によると、ネット上での反対署名が六千件ちかくになり、そのうち千七百件が市内在住者であることも報告している。公開質問に対し市は指定期日までの回答を約束。連絡協議会などでは、市の回答をホームページ上で公開するほか、市民にはメディアを通して公表するとしている。連絡協議会は、二〇〇五年十一月中旬に米原リゾート開発に反対の人やこの問題について感心を持つ者などで発足。会員数は意外と少なく、三十五人。その高層リゾートホテルの件は今月末に米原地区住民に説明することになっている、というふうなかたちで進行しているなあ」

「では、建つことは避けられないんだな」

「そんな感じみたいだ。石垣市の人口は四万七千人。そのうちナイチャーは五千人。ところがナイチャーの幽霊人口は二万人ともいわれているから六万七千人になり、実際には三十パーセント近くもいることになる」

「そうなっているのか……」

日出男は溜め息をつくと、しばらく政夫を見つめていたが、そのまま肩を落として帰っていった。


それから二週間ほどが経ち、再び日出男がやって来た。

「オイ、オイ、政夫。新しい展開だぞ。昨夜の集会に行っていた人から聞いたんだ。米原のリゾート開発は八重山工業関連会社のハウジングが、本土住宅大手の大建ハウスと共同での計画になっている。米原キャンプ場の東側七万三千五百平方メートルの敷地に、初めは地下二階、地上十三階建ての高層タイプ建物を中心に三百三十室を計画していたんだが、今回の新計画では開発面積が広くなって八万二千平方メートル。建物は、五階建ての集合コテージ九棟、部屋数は二百室。建物の高さは最高でも二十メートル以下とのことだ。周辺の自然環境や景観にも配慮し、コテージを中心に低層化を図って建物の屋根は赤瓦とする考えらしい。それとあまり意味は分からんが、ホテルの基本的なコンセプトとして、自然に共生するネイチャーホスピタリティというのを掲げていて、地域との共存共栄や、地域住民も参加した建設監視、運営監視、自然共生の各委員会を設置して取り組む方針などが示されたというんだ。質疑応答では、住民側から施設完成後に二期、三期工事はないのか、との問いに企業側は規模拡大を否定。計画外では、従業員宿舎や食堂などホテル関連施設になることを強調したらしい。そのあと、またあのナイチャーたちから現地調査三日間だけで、自然を大事にした開発ができるのか。計画の前に環境アセスをもっとしっかりやるべきだなど、環境調査に対する不満が相次いだようだ。これに、企業側は年間を通した環境アセスを実施する考えを示したというんだな。村のものたちからは、ホテルが出来ると若者が残ってくれる。外からも若い人が来る。環境を大事にしてくれるのなら地域活性化につながる、と開発に賛同する意見も出たということなんだ」

途切れ途切れながら話し終えた日出男は息を吐いてしばらく黙ったままだったが、そのあと口を開いた。

「俺たちが考えていたより早いテンポで事が進んでいるじゃないか。俺は米原のものではないが、距離的に近いから同じ区域のようなもの。俺は、お前のところだった土地に建っているのもそうだが、今回のリゾートも不満なんだ。これはなんというのか俺たちと関係無いところで村人が振り回されているみたいだ。政夫、お前の本心はどうなんだ。聞かせてくれないか」

「うん。市からのアドバイスでそのように落ち着いたのかどうかはしらないが、その場所は二階くらいがいい。五階だと西周りのドライブをするとして、道路から海や遠くの山並みは見られなくなる。十年前くらいだったか、近くにホテルが建つということで大株主である国会議員が権力をちらつかせてマスコミを騒がせた、問題の川平底地《スクジ》ビーチ北側に建っているホテル。それも初めは高く建てられる予定だったが、反対されたため数年間そのままにしていて、あとで二期工事をやり、今ではホテル前のモクマオウも切り倒し海岸線に八階くらいのホテルが堂々と全容を現し、ビーチの主《ぬし》みたいになって景観どころではなくなっている。さらに敷地も湾沿いに広げていって緑を少なくしている。また、地元業者を表に出してきての共同というやり方、あるいは村のものたちの同意を得るため必ず雇用のことを打ち出してくる。そして就職するのはだいたい村の有力者の息子や親戚といったもの。ところが入れたのはいいが大体はついていけずに辞める。それは日出男がおもしろいといっていたあの『閻魔大王』に取り上げられていた島ンチュの体質にもよるものか、あるいは辞めさせるように仕向けていくのかもしれないが、しまいにはナイチャーだけの従業員となっていく。仮に残ったとしても、守衛や皿洗いに清掃作業員くらいなもの。将来的に育てるということはない。これが彼らのいつもの手さ」

「そうだよ。お前の言うように、若者たちの雇用の件となると村人は弱い。すでに区長などは企業側に手なずけられているという噂だ……これではどうにもならない。打つ手は無く万事休すってことか……あ、これとは別なんだが、思い出したことが。二、三年前からお前の家にときどきやって来るひょろひょろっとした奴、あれ、どういう人間だ？　すれ違ったとき、持っていた袋から妙な臭いがしたんだが、なにしに来たんだい」

「彼は…………」

「……そうか、俺にも話せないのか……お前、やはり変わってしまったなぁ」

政夫は夢にうなされ飛び起きる。

一時は途絶えていたのに最近なってしきりに見る。

夢というのは、世界貿易センタービルに旅客機が直撃して、上部のあたりが火の海となって煙を吹き、たくさんの紙切れが舞い、助けを求める人たちが炎に包まれた上下の窓から手を振って叫んでいる。熱風や白煙に耐えきれなくなった人たちは人形のようにつぎつぎ落下していく。そのうちの、ゆるやかに回転しながら落ちていく一人の赤い服の女が幾度となく夢にあらわれる。女性の顔がアップになり、真っ黒な煙が吹き荒れなにも見えなくなったところで飛び起きる。赤い服の女性は政夫の妻だった。その女性がなぜ政夫の妻と重なるのか分からない。思い当たることといえば、あの日、行きつけのスナックで飲んでいて、テレビでその一部始終を見たあと帰ると、アパートの周りが人だかりになっている。消防車やパトカーが停《と》まっていて、消火作業のあとに妻が引き出されているところだった。ぱんぱんに張った焼屍体となっていて、むき出しの歯が異様だった。出火の原因は掴めないままだったが、恐らく放火ではないかということだった。不可解なことに焼死したのは政夫の妻だけだった。アパート周辺をうろついていた爬虫類の目をしたペットマニアの少年に疑惑が向けられ逮捕されたものの、証拠不十分とのことで釈放され、未だに犯人は挙がってはいない。その後、働いていた旅行社の添乗員を辞めた政夫は新たな職に就《つ》く気にもなれず、浮浪者のように街を徘徊していては道路工事の日雇い人夫をして食いつないでいた。〈もしかしたら赤ちゃんが……こんな歳になってやっと……〉嬉しそうな顔で話していた妻の言葉を思い出すと、思わず胸を抱いて身をちぢめる。苦痛に喘ぎ助けを求める妻の叫びが聞こえてくる。焼け跡にわだかまる重苦しい空気を感じるたびに胸を押されたみたいに後ろへよろめく。息を吸うと鳩尾《みぞおち》のあたりが締め付けられる奇妙な感覚が続いていたある日、大阪城からツインビルをながめ、震えていうことを聞かない脚で石段をどうにか下り、近くをふらつきアーケード街を歩いていると、家電量販店のハイビジョン・テレビが沖縄の番組を放映していたので立ち止まる。復元された色鮮やかな首里城の映像から始まって、石垣島の吉原ちかくから川平湾を撮ったものが展開されると、政夫のなかで、映ってはいない、あの辺り、さらに幼いころの米原、そこから眺めるまばゆいばかりの緑や青の強烈な風景にきらめく光りの粒子がおどり、さわやかな風がひっきりなしに吹きつけてきては、それらがつぎつぎに展開していく。そして政夫がいつも思い描いては膨らませてきた理想とする十五年、二十五年後の、もう一つの村が政夫のなかでしだいに形づくられるのを抑えることができなかった。

数日後、政夫は僅《わず》かなものを入れただけのバッグで、大阪の埠頭《ふとう》から船に乗っていた。那覇から石垣の港をへてバスに乗り、五十分くらいで米原の家へ着く。

入植十九年目に建てた家はところどころコンクリートが剥《は》がれ腐食した鉄筋がむきだしになってはいるものの、まだ住める。大きな仏壇の傍に両親の位牌、それに妻の遺骨と写真を置く。裏座の戸を開けると風景が広がる。海から吹いてくる潮風を吸い込む。干潮のためたくさんの岩が点在している。干瀬《ひせ》の向こうは濃い青になっていて限りない大海原が見渡せる。久高島生まれの妻にも海を見せたかったので写真を膝の上に乗せる。独り静かな時間にひたっていると、だれから聞いたのか日出男が速足でやって来る。政夫のことを同じ歳みたいに呼ぶ日出男は顔かたちのこともあって島から出ることなく、結婚もせず、ひたすら農業をつづけていたのだった。いつの日か政夫が帰って来るかもしれないと、ときどき訪れては庭の手入や戸締まりされた家を開け放ち空気の入れ替えをしていたのだという。

二人で村中の一周道路を歩いた後、日出男のところへと行く。村端に聳《そび》えるエノキの大樹が懐かしく幹に触れたり叩いたりしてなんども見上げる。高く伸びた樹の枝は海からの風のため山へ向かっている。これを強風になびく大浜先生の髪のようだと話していたのを思い出し、あのころの先生の顔が浮かんでくる。海の方へ歩いて日出男の家へ向かう。道を隔てて、政夫の農地であったところの傾斜に家が幾つか建ち始めていた。

東の入り江になった向こう側の山並みの後方には、頂《いただ》きの尖った野底マーペーが見える。

日出男の家は海近くのガジュマル森になっている御嶽《オン》からいくぶん離れたところにある。日出男の家が木々の間から顔をのぞかせる。コンクリートの母屋へ継ぎ足し周りをブロックで囲ったトタン葺きが古びたまま残っている。日出男の父が亡くなって帰省したおり、そこでそばを食べたことがあった。座敷になっているところでは、地方庁や農協、それに製糖工場のお偉い方々がそばを食べたあと雑談を交わしていた。

「屋良主席や立法院の方々たちが、あの六十メートルも吹いた台風エルシーの災害調査団で来てましたねぇ」

「そのあと、アメリカ民政府派遣による民政部隊も災害復旧救援ということで」

「そうそう、さらに日本政府災害調査団一行が」

「あのころ革新の上げ潮にのって、石垣市でも桃原用永市長の誕生」

「主席は数ヵ月まえ初の公選主席になって八重山視察として来島していましたから続けざまでしたなあ。その後沖縄返還決定を喜ぶ郡民大会があって、提灯《ちょうちん》行列なども」

「ほんとに一昨年、昨年は干魃《かんばつ》と台風に遭《あ》い、借金を背負った農家が多かったので大変でしたな」

「そこへ本土の土地ブローカーが入り込んだ」

それぞれの職場の方から、日ごろ思っていることがつぎつぎと出てくる。

「金は最大の魅力だった」

「そうでした……」

いくらか若い男が、黄色い大きなジュラルミン急須《きゅうす》から、お茶を継ぎ足してゆく。

「だから農地を売り払ってかさんだ農協への借金を払い、残った金で、埋め立て地の新栄町に土地を求め、商売するものもいるという」

「原野を開墾して二十年、苦労に苦労を重ねて彼らが得たのは幾ばくかのお金ということか」

「それでも差し引き残った金がある人はいいさ」

「村のものに売りたくても、本土企業のように高い金は貰えないからどうしても……」

「これではなんのためにの移民政策だったのか分からないところがある」

「計画移民といっても……」

「あの知花さんまでまとまった二町歩ちかくの土地を売り飛ばしたときには正直いってガッカリしたなあ。まあ、それなりに事情があったらしいのだが」

「今のままでは砂糖きび耕地面積は減っていくことになりますな、まったく……」

しばらく沈黙がつづき、それぞれがテーブルに置かれた黒砂糖を口にしてお茶を啜《すす》る。

「まあ、まあ、彼らばかりを責められないではないか。これから皆さん方からいい知恵をお借りしないと。それにしても農家の人たちはいつまでも台風被害から逃《のが》れられないのか。今年のものは雨をもたらさなかったので農作物は潮害のため全滅」

「火風《ピーカジ》だった。確か、入植の翌年にもキッド台風というのがあったが」

「かれこれふた昔くらいのことになるなあ……」

「見てみい、台風に強い琉球松や福木でさえあんなに赤くなって。息子の友人に波照間出身の学生がいるんだが、その子が帰郷のとき、思わず船上に駆け上がり、『ああ、島が燃えている！』と指さし、涙ながらに叫んでいたそうだ」

政夫の耳の奥からあの日話していた言葉一つ一つが甦《よみがえ》ってくる。政夫のところはそのときの金で、家を建てた借金の返済に充てたと聞かされていた。わずかに残った畑は日出男が使用していた。物置になっているトタン葺き小屋を覗《のぞ》く。かつてはここにテーブルが二つ、奥に五、六人座れる座敷があった。たちまち忙しく振る舞う日出男のお母さんの姿があらわれてくる。日出男のお母さんの造るそばは美味しかった。出汁《だし》が効いていて、湯気の立つ、そばの上にのった肉の炒め方がよかった。これに刻まれた島ネギのにおいがひとつになる。息を吹きかけ、ピパーズの胡椒《こしょう》をふりかけて食べる。今にもふっくらとした日出男のお母さんが暖簾《のれん》の向こうからそばを運んでくるように思われた。政夫の家へ来た日出男が、妻の写真を見るなり、自分の母に瓜二つだと声を上げたとき、言い難いものが政夫の胸の内をはしるのを憶え言葉に詰まったのだった。

陽が落ちてから久しぶりに海へ行きたくなったので日出男の家の前を通って歩いていた。ユウナの木には萎《しぼ》みはじめた季節はずれの黄色い花が垂れ下がっている。御嶽《オン》に向かうところの雑木林に粗大ゴミが散乱している。細道に杭が打ち付けられ、鎖《くさり》が掛かっている。市の環境保護課の職員の話しだと、ゴミのことを注意されたナイチャーが怒って通さないようにしたのだという。それだけの理由ではないかもしれない。標識を建てても四輪駆動の車で乗り入れする島の若者たちがいる。彼らは得意になって浜辺を行けるところまで走らせる。そこがウミガメやタイマイの産卵場所になっているといっていたから保護の目的があってのことだろう。ところがこういうことは島の人たちからすればよそ者が自分勝手にやっているように見え、不快な思いがするのだ。もっとも吉原の海への道はそれとは関係なくいたるところ入れないようになっている。浜辺さえ自分たちのものと考えているのか。結婚したとき妻と一緒に帰省したことがあった。あの日も日出男の家の前を通り、浜へと下りたのだった。足の下で貝殻と砂利《じゃり》が音を立てる。二人で遠くまで干上がった海を眺めながら浜辺を歩いているとき、ポチャンと音がした。先を歩いていた妻が振り向いて、「小石でも投げたの？」という。「いや、なにもしてない」と答えはしたものの、政夫自身も聴いていたので不思議なことがあるものだと、周りを見回した。自分のつま先がサンゴの欠片《かけら》を潮溜《しおだ》まりに弾き飛ばしたのかとも考えた。立ち止まったまま妻を見つめたあと、もう一度辺りへ目を凝らす。と、全長六十センチくらいのシャコ貝《ギィーラ》がある。これが窪みの岩に付いているようだがそうでもない。いつからそうしていたのか。台風で打ち上げられてきたのだろうか。孤立して生きている。外敵を察知し慌てて殻を閉ざしたというのか。「持ち帰って食べようか」と妻に訊《き》くと「あんまり大きくて神様が宿っているみたいだから怖い」というので、抱え込むと人目に付かない白波の立つ沖ちかくまでいって岩場の下にそっと置いてきた。そのときどういうわけか、腕白だった幼いころ、天へ向かって石を力一杯に投げつけたところ、その石が近くを歩いていた女の子の前頭に当たり血まみれにさせたことなどが不意に甦《よみがえ》った。波の音を聴きながら独り歩く政夫に、今度は昨年の夏の夜のことが浮かんだ。

数人がアダンの根元で、ラワンの流木に腰掛けビールを飲んでいる。

むろん政夫に気づいてはいない。

「パパはね、沖縄本島北部のヤンバルがいいっていっていたけど、ママがね、ヤンバルも悪くはないけど、其処《そこ》へは基地の見える国道とかを通って行かなければならないからイヤだといったの。かといって那覇は大都市。そこから近い離島もあった。でも、歳とると病院のない小さな離島ではね。それからすると、此処《ここ》は病院やスーパーなど生活に必要最小限度の物も揃っていて、四万七千のちょうどいい人口規模。映画館だってある。で、こちらに決めたの。石垣島はヤンバルよりずっといい」

「そうね。初めは退屈するんじゃないかと思ったのに、海を見ているだけでも全然飽きないわママ」

「癌《がん》と診断されたがママが手術の後こんなに回復して、元気でエステなんかやれるのはここの気候のおかげでもあるんだな。感謝しなければ」

「ほんと、ここに来て自然のパワーを感じるのよ」

「そうだな、初めはハワイにと思っていた。だが、今さら言葉の違う場所に行くのも不安で。ところがこうして小さいながらも観光客に喜んでもらえるプール付きの宿を持てるようになった。ほんとにここへ移住を決意したのは正解だったなあ。まさにパラダイスだよ」

「隣の方はパパたちより幾つか上の方だけど学生運動の闘士だったらしいの。これからのことは土いじりしながら考えるんだと話していたわ。そのうちパパとママのような団塊《だんかい》の世代がどっとやって来そうだしうちら早いとこここで家が持てて良かったわね」

「私たちの後に来た近くの人だけどねママ、母親となんとなくやって来たらしいの。ところが海の美しさに惹《ひ》かれ定住を決意して、もう本土へは帰りたくない、できればここでいい女性《ひと》を見つけたいって。彼、ウィンドサーフィンが好きでホテルで働いているんですって。ブログにあったのよね」

「あらあら、あの方は別だけど絶対にこちらの人と一緒になっては駄目よ。あなたはママが二度目の結婚でようやく授かったたいせつな子ですから。ママどうしてもこのことが心配だったの。ところが家もどんどん建つし、空いてる土地が埋まれば百七十軒。此処《ここ》は五十二戸の村だから、私たちのほうが三倍以上になるわ。そのうち吉原地区とかでもっと増えれば理想郷にもっていけるわよ。パパ、そのことネットで考えてみてね。いっとくけど土地の人たちとまともにつき合うのはゴメンよ。私たちがここへ来た第一の目的は自然であってここの人たちではないのだからね。これだけはしっかりと守ってないとね、あなたもパパも」

立ち止まったまま政夫は歩いて行くことも出来ずに困り果て、静かに退いたあと、音を立て足踏みすると、今しがた浜へ来たようなしぐさで手にした缶のさんぴん茶を飲み干し、海に向かって「スカッとさわやかコカコーラ！」と、大声を張り上げとりつくろった。

月明かりに牙のような野底マーペーの頂《さき》が見える。

彼らは完全にリゾート感覚でいる。政夫のなかで憤《いきどお》りがふつふつとわき上がる。

日本の国土面積の、十パーセントにも満たない〇・六パーセントの沖縄に、在日米軍基地七十パーセントがある。それによって生み出されるさまざまな公害、あるいは性犯罪などトラブルはかなりのものとなる。この、沖縄の、目に余る基地の集中化はかつて本土において広がった反基地闘争のため、占領下にあった沖縄に押しつけられているというのに。基地周辺を歩いていた学生のころのことが政夫の脳裏に甦《よみがえ》る。金網越しに眺めたあの日の夕陽が瞼《まぶた》に浮かんでくると、父がときおり話していた読谷《よみたん》のことがしきりと思い出された。

敗戦になり避難地や収容所から他の村の人たちが故郷へと帰っていく。ところが父たちは帰れない。やっとのこと占領軍から許可が下りたのは翌年の、一九四六年八月十二日。早速、先遣隊《せんけんたい》が郷土の読谷山《よみたんざん》に乗り込む。そこで村長や他の人たちが目にしたのは、見渡す限りの軍施設。戦前の読谷山は面影さえも留めないほどに変貌していて呆然とする。これでは帰れるはずもない。そんなこともあって、各避難地に残っているもののほとんどが読谷の人ばかりだった。地元の人たちから厄介視される。生活苦がつづく。日増しに食料事情は逼迫《ひっぱく》する。栄養失調で倒れるものが出てくる。背に腹は替えられずに盗みをして警察官に捕らえられるものが続出。今では戦前の読谷山という栄えある村名ではなく、読谷ジャーという蔑称に変わり果てる。さらに二年後、波平西側から渡慶次北隅に至る線より西側になる渡慶次区、儀間区は早急に立ち退きせよとの命令が。これに大騒動となる。このような状況も相まって読谷からの移民が石垣島へ送り出されることに。戦後から七年経《た》った一九五二年八月二十二日のことだった。読谷村字《あざ》渡具地港を出帆した総勢百七十九人の移民団は泊《とまり》港を経《へ》て二十四日富野校裏の海岸着。石垣市長、八重山開発事務所の職員、川平字民代表、富野部落全員の出迎えを受け浜から上陸。こうして桟橋や道路のない入植地、ヤキー（マラリア）の島へと父たちの移民団はまず第一歩を踏みしめたのだった。

旧桴《ふか》海《い》村あとに入植した移民団の構成は米軍によって土地を接収された読谷《よみたん》出身が九十パーセント以上を占め、他は与那城、名護となっていた。父のノートにある入植当時のメモによると、八月二十五日、仮宿舎を造るため敷地を調べたあとは材木の切り出し、夜は富野部落が歓迎会を開く。九月二日、一班は芋を植え始める。他は草取りと伐採。その日は旧の七月十三日、精霊を迎える盆の入りにあたっているので、全員で沖縄本島に向かい礼拝をする。九月八日、与儀加那と宮城照明が大田正吉先生を案内役として、郵便ポスト設置、電話架設、民有地の件の解決、農業協同組合の設立、早期による家族呼び寄せ、水牛購入などを関係当局の八重山地方庁に陳情。十月十三日、十棟の掘っ立て小屋造りを一日で完了。この十棟と仮宿舎を併《あわ》せて十八戸家族の収容が可能になっていたので家族を呼び寄せることに。十月三十一日、午前八時に第三えびす丸で家族全員が来る。十一月二十一日、読谷村長喜友名正勤、古堅校校長山内繁茂の両氏が視察。十二月十四日、比嘉主席、立法院議員当山真志、新垣金造、高嶺地方庁長などの視察があったことが記されている。早い時期の主席の視察ということは、琉球政府がいかに移民に力をそそいでいたかが分かる。ところが計画移民といっても名ばかり。受け入れ態勢はほとんどなされてないため、自力での基盤固め。さらにノートには、開拓事業は生やさしいものではないと覚悟をしていたものの、実際、事に当たってみるとこれは想像以上であったともある。六月二十五日、民政副長官のオグデン少将ら十一人が視察に来る。視察後、少将は一周道路建設費として地方庁に百万円を寄付。この喜びもつかの間。翌月の七月二日に台風キッドの襲来。雨がまったくない台風のため山や野原、そして農作物は海から吹いてきた潮風ですべて枯れた。いわゆる火風《ピーカジ》といわれるもの。そのような折り、団長がマラリアの犠牲になるという悲運に。このショックは大きかった。入植翌年の九月十日だった。こんなことがあっても生活の場を切り拓いての村造りは続く。道路の開削《かいさく》作業が始まる。一周道路は移民地だけのものではなく広く全島民の懸案であった。当時の米原は人一人しか通れない道しかないため、海から入っていた。いわば陸の孤島だった。開通した道路は大したものではなかったが、それでも馬車で通えるようになり、オグデン道路と名付けられた。このことは人々に少なからぬ変化をもたらす。水稲や陸稲がよく実ったので米原《よねはら》と称するようになっていたが、その後、砂糖きび作りに切り替えられる。これはかつての読谷《よみたん》での経験が生かされていた。入植から五年後になると小さな製糖工場を造るまでに力をつけたりもしていた。

この、土地を奪われた父たちの惨めな思いは戦後三年して産まれた政夫たちの心にも深く刻まれている。

二人の男が、政夫の家近く喫茶〈ちゅらさん〉で話し合っている。

「北海道で建築会社を経営していたんですが、倒産したため、夜逃げ同然、夫婦でこちらへ来たんですよ。当時は保証人のなり手がなく部屋を探すのは大変なことでしたね。で、その経験からホームページを開設して、賃貸物件を紹介すると、県外から一日四五通の問い合わせメールが来たんですよ。予想以上の反響。潜在的なニーズはあったんです。直感しました。石垣島は必ず住宅ブームになると。現在、私の管理するアパートは十一棟なんですが、入居者の九十パーセントがインターネットで申し込みをした県外出身者です。二十歳代が多く、訊《き》くと、地元のホテルやダイビングショップなど観光業に就《つ》くというんです」

「この分野はこちらの方たちの苦手とするところだよね」

「それで」と勢いづく北海道からの男は「今や日本全体が、会社や自分の生まれ育ったところに執着心をなくしつつある。そんななかで気候もよくて海もきれいな石垣を見たら、すべてを捨ててでも住みたくなるはずですと」

先に住み着いている男が喋りはじめる。「そうですか……」なるほど「ここ米原の土地だけどね。初めは手を付けられなかったんだけど、今から六年前でしたか、農振用地から除外されたのを契機に県外からの移住者が住宅を建て始めていますね。一区画、百から百二十坪の宅地百七十区画を売りに出すとたちまち完売です。購入者の八割が県外の出身者で、あとは値上がりを待つ、投機筋の那覇の方。農用地のころの相場は坪三千円ほど、これが五万から八万円になっている」

「ほう、二十倍以上ですねぇ」

「最近は本島から建設提案から施工管理まで行う建設会社や不動産会社も参入して来ているんだ。石垣は今まさに建設ラッシュ、ミニバブルというところか」

「それに対応したさまざまなビジネスも動き出している！」男は声だかにたたみかける。

「こんなうまいタイミングみすみす見逃せない」という北海道に、「そういうこと。それでまた海を臨《のぞ》める新たな土地を！」

ところが妻は、「此処《ここ》の人たちに癒《いや》されてきたというのに……」私たちも間接的にはこの島を食い物にしている人たちの手助けなのね」と嘆いているんですよ。

「まあ、お互い悪く言えばそうなりますか！」

政夫の視線すら気にせず、海ブドウを食べながら彼ら特有の大きな声とで笑いながら、それぞれ思い思いに話している。政夫の胸からつま先までが蛇腹のようにしずかに波打ちはじめる。

マラリアで亡くなった母だったが、その風土病にはこんなことがある。

一七三二年の尚敬王《しょうけいおう》時代、八重山の沃野《よくや》に目をつけた首里王府が開拓における寄人《ユンチュ》政策なる移民事業を始め、既存部落の分割・強制移住・未開地での開拓村創設という人口移動が続けられた。そのころから、しだいに八重山全土に発熱をともなうマラリアやフィラリアなどの風土病が蔓延《まんえん》したと考えられている。王府によるこれらの移民政策はことごとく失敗。廃村が続出。明治・大正・昭和にかけての入植部落も、太平洋戦争前にはおおかた挫折寸前であったといわれる。終戦直後、八重山に進駐した米国海軍軍政府は一〇五万錠のアテプリンを提供し群島医師会員による臨時マラリア診療所活動を助成、対策に乗り出した。次いでマラリア防遏《ぼうあつ》事業は群島政府に移され、ハマダラ蚊の調査。ＤＤＴなどによる部落周辺のあらゆる水域にたいする水面散布。これは幼虫対策。また成虫対策の家屋・畜舎内散布。部落周辺二キロ以内における藪《やぶ》伐採などの蚊対策、患者治療。有害地住民や出入りする住民に対する予防内服など、原虫対策が徹底して行われている。すべての成人男女が一丸となり防遏作業に献身した。八重山群島全住民の心血をそそいだマラリア防遏事業が功を奏して、年間患者発生数がわずか一七人となり、このまま進めば数年の内に根絶が実現されると思われた。ところが、新たな事態が発生して流行が再燃する。これには外地引き揚げ者による人口の増大、朝鮮戦争の勃発《ぼっぱつ》にともなって強行された米軍基地拡張がある。農耕地の接収、既存部落の強制立ち退きなどの難題を抱えた琉球政府が列島内移住政策を進めるために、沖縄本島や宮古島から八重山群島内の残存有病地に移民を送り込んだ。その結果、入植者が次々に罹患《りかん》し、他の部落に波及していったのだった。一九五一年から再燃の兆しを見せ始めたマラリアはその後急激に増加し、五六年から五七年にいたってついに千人を超す大流行となる。この再爆発という事態を重くみた米国民政府は五七年、東京から米四〇六医学総合研究所の昆虫学者ウィラー博士を招く。実地踏査の結果に基づくこのウィラー計画を受け防遏《ぼうあつ》方法を根本的に変革して、三年間による根絶計画を立案。それは世界保健機関が強力に推進するＤＤＴ屋内残留噴霧を主体とするもので、効果は翌年から現れる。発病者がいちじるしく減少し、遂に一九六二年に患者発生ゼロという八重山始まって以来待ち望まれたヤキー、いわゆるマラリア根絶の暁《あかつき》を迎えるにいたったのだった。

リタイヤしたら暖かいところで過ごしたいという人たち。本土と石垣を行ったり来たりするロングステイ派。彼らはこの島にとってなにをもたらすのか。土地のものと一緒になるヤマト嫁、ヤマト婿でもない。海や山の自然を愛するというが、実際には島のものたちとの関わりなど考えていない。状況が悪くなればさっさと売り払って引き揚げるに違いない。彼らに島の人たちや暮らしは映らない。自分たちだけの交わり。おまけに此処《ここ》に増えつつある者たちは、新しい命である子どもをつくり、学校を廃校から救うのでもなく、これからの余生のためのスローライフをという。そんな彼らをいつまで迎え入れなければならないのか。当然ながら沖縄にはこれまでの歴史がある。だがそんなことなど無関心。米軍基地で苦しむ人々、不況にあえぐ地元の人たちの苦悩を彼らはどれほど理解しているというのか。いぜんとして県民所得は全国最下位。男性の自殺率は全国三位。失業率は全国平均の約二倍。自己破産者や乳児死亡率も全国トップクラス。公然の秘密である全国有数の公共工事入札談合県。また米兵との間に生まれるアメラジアンたちの問題もある。さらに、米軍普天間飛行場の名護市キャンプ・シュワブ沿岸部移設案がこじれたら振興策は難しいという発言をめぐって島ぐるみ闘争への雲行きさえ見せはじめている。

これらが沖縄の現実で、彼らの勝手に描く癒しの島などまったくの幻想でしかない。

なのに、リゾート開発による自然破壊は歯止めがきかない。

ここに住み着いた者たちは、このことをどのように考えているのか。

このままではおれない。米原をどうすればいいのか。政夫は本土にいるときも帰ってきて砂糖きびづくりをしながらも、これまで旅先で見てきた小さな村独自の産業や町並みを参考に理想とするこれから先の村づくりのことを考えていた。村を取り巻く自然をかけがえのないものとして、ゆるやかではあっても自分たちの力で押し進めていきたかった。裏地区と言われてきた村々を一つに結ぶ産業形態。砂糖きびやパイナップルのほかに熱帯果樹を活かした、これまでとは違う商品化を試み、発展させていくことを若ものたちと具体的に考えたかった。付き合いが悪いとみられていたのはそんなことを胃が痛くなるまで考え詰めていたためだった。これから成長していく村。試行錯誤の末たどりつくという進化の過程を、時間の芽を、彼らに摘み取られた気がしてならない。土地を求めて家さえ建てれば、どこでなにをしようが村人から言われる筋合いはないという彼らの思い上がった態度。金と余裕のある勝ち組の無神経さ。観光客を相手としたハイカラな仕事。生活スタイルの違いを目の当たりにさせられる村人の胸の内は理解されないままに村は衰微していく。彼らはこれから先も村人と共に歩んでいくということはないだろう。まるで異なる新たな移住者たち。このままいけば村の将来は望めない。間違いなく移民二世の段階で村は崩壊して三世は育たない。闖入者《ちんにゅうしゃ》の彼らはこの村を破壊にみちびく。このような彼らをそのまま放っておいていいのか。

二月十三日は旧暦の一月十六日で、島では祖霊供養の祭りがある。正月元旦が生者の正月であるのに対し、十六日祭《ジュウルクニチサイ》は後生《グシヨウ》の正月である。沖縄本島では旧暦三月の清明祭《シーミー》を門中たちで盛大に行う。読谷《よみたん》では死後二年、あるいは三年ごろまでを新仏《ミーサー》と称して墓参りをしているが、今では村のものたちも十六日祭を行うようになっている。この十六日祭前後は決まったように暑くなる。墓にいると額から汗が滴り落ちるくらいだ。そして数日後には再び冷え切っていって夜中にいつも雨が降る。

三十数年振りの豪雪のため、雪下ろしで多数の死傷者が出ているのが連日のようにテレビの映像からながれる。

三月、山にはいち早く春の息吹きが窺《うかが》える。

萌《も》えだした黄緑の木々が暗緑色の山肌に変化をもたらす。

猪垣《いのがき》を越え、メジロのさえずりを聴きながらツツジや椿《つばき》の花咲く山道を歩く。シダや竹の繁るころを歩いて行くと渓谷《けいこく》にさしかかる。辺りの椎《しい》の木が空を覆いその両脇からヘゴの木の葉が垂れ下がり、下の岩場にはいたるところオオタニワタリがコンブのような緑の葉を広げている。政夫とあの例のひょろっとした男の後から日出男がついてくる。最近では日出男と来ることはなくなっていたが、中学のころまで夏になるといつもそこの滝壺で水浴びをした。木漏れ日のなか糸トンボが飛び交ったり、セキレイが忙しそうに尾羽をふりふり平たい大きな岩の上で歩き回っていた。せせらぎにはコノハチョウが飛んでくる。あのころよく遊びに来ていたのに、それ以来近づかなくなったのには理由《わけ》があった。クラスの女の子を誘って日出男を加え、三人で水遊びをしては岩場の上で寝ころんだりした。美紀は、政夫が母恋しくて沈んでいたころ彼の投げた石に当たって泣いていた女の子で、シャリンバイの幹に吸い付いてうごかない大きな毒毛のヤマンギをなによりも怖がった。その日の目的はエビ捕りだった。ランニングシャツを脱ぎ、それを水に浸して日出男と滝壺の周りにいるエビを掬《すく》い上げては捕まえたりしていた。エビを掴み上げるときときおり触角に弾かれる。小さな悲鳴が静かな谷川にこだまする。二人とも水底のエビを見つけるのにけんめいだった。腰が痛くなると、空を見上げては身体を反らした。濡れて張りついたシュミーズのまま仰向けになっている美紀の乳首が黒ずんで椎《しい》の実のように尖っている。美紀の頭の近く、朽ち葉のある岩場の隙間の暗がりになにか気配を感じたが、再びエビ捕りに夢中になっていた。木々の葉の間から差し込む光りに日出男の額の傷跡が歪《いびつ》な太陽になる。政夫が気になって美紀の方へ視線を向けると、胸を反らした美紀が両腕を頭の後ろへ回したのか、朽ち葉のところへ手が伸びたとたん、なにかがシュッと美紀の肩の当たりに飛び掛かったのを見た。ハブだった。とっさのことで美紀は何が起きたのかさえ分からない。青ざめた政夫は飛沫《しぶき》を上げ美紀に駆け寄る。美紀の顳顬《こめかみ》あたりに二つの赤い小さな歯形が。大きな口を広げたハブが牙を立てて美紀を打ったのだ。急いで美紀を背負うと山道を転がるように駆け下りる。政夫の村で製糖工場に使っている馬に乗せる。日出男が手綱を握ると、政夫は前に美紀を抱く。美紀は頭が焼かれているみたいだと泣き喚《わめ》いた。川平、崎枝、名蔵、川原山《カーラ》を越え、遠くに市街地が見渡せるところで美紀は事切れたのだった。そんなことがあってから、この滝壺には足を踏み入れたことがなかった。日出男も辺りを見回しながらあの日のことを思い出しているようだった。しばらくすると日出男は政夫に顔を向けたあと、椎《しい》の木の辺りを指さし歩きだして、振り返った。

「政夫、こんなところに箱がたくさん積まれてあるのはどういうわけだ……」

「まあ、見ろよ」

政夫の言葉に日出男は朽ち葉を踏みしめ四段に積み上げられた四十余りの木箱の表に回る。

「あがい、これは……」

それ以後、日出男は話すことを止め、金網の張られた薄暗い木箱の奥へ目を凝らしながら箱から箱へと渡り歩いた。ひょろりとした男が一つの箱の前で立ち止まって、蓋《ふた》を開け、カギ状になったステンレスを竹の先にくくり付けたものでごそっと引き寄せると、動きだしたハブの首のあたりを素早く押さえ、親指と人差し指で三角頭の付け根を挟み、木の根元の山石に上がって高く持ち上げる。その背後から政夫は日出男に話しかける。「これはこの男が捕ったもののうちでも一番大きい。二メートル余りもある。夕方、於茂登《おもと》山のナキンガーラからダム沿いを歩いていたら、こいつに遭《あ》ったというのだ。しかもこれはここにいるハブとは違う。沖縄本島のハブでサキシマハブより毒性が強い。体重も十九キロくらいあって大きさからすると二十年以上になっているのだそうだ。だれかが持ち込んだのではないかという。彼は農業をしているが、父親の跡を継ぎ、十八のときからハブ捕りをしているんだ。年間八十から百匹のハブを捕っている」

驚いた表情の日出男は固唾《かたず》を呑《の》んでは政夫と男を交互に見つめる。

すると今度は政夫が別の箱を開け、男と同じ仕草でハブの首根っこを掴んで持ち上げる。ハブは尻尾《しっぽ》をくねくねさせる。「このハブは彼が台湾から持ってきたもの。最近、川平湾でレジャーボートの仕事をしている男性がやられている。死には至らなかったが重傷で現在も入院中。咬《か》まれたのは、十六日祭《ジュウルクニチサイ》みたいに暑かった二月二十日の夕方。庭から家に上がろうとしたとき、床下に隠れていたタイワンハブに右足の甲を打たれている。八重山病院でハブ用の酵素毒、つまり血清を使用するなどして、治療に当たっているが三月になった今でも右足の腫れが続いているため入院加療をおこなっているとのことだ。タイワンハブは中国南部や台湾が原産。毒性は沖縄本島ハブの約一・二倍とさらに強く、攻撃的で動きも速い。体表は灰褐色の地に黒い斑紋《はんもん》が特徴で落ち葉などの上では見分けにくい。今、このハブとこちらのサキシマハブと交配させて数を増やしているところだ」

日出男は、政夫の知られざる一面をかいま見たという顔つきをして、木箱近く、杭の先に釘打ちされた〈米原生物を守る会〉と書かれたものに視線を向けていたが、思い出したように話し始めた。

「十年前、あのビーチの北側、底地《スクジ》原の畑でのことだが……農作業の手伝いをしていた中学生の女の子がハブに左足首を咬まれ、病院で手当を受けたが、死亡するという痛ましい事故があってなぁ。生理だったのか身体を洗ってからと考えたのが手遅れになったというんだ。それに俺の父が晩酌しながら入植した日のことを話していたんだが……これまで来間《くりま》島にいたから高い山なんて見たことがない。この村近くの山は今にも頭へ被さってきそうな感じ。周囲は密林、道路は人が通れば露でずぶ濡れになる山道一つ。どこから開拓したらいいのか。勇ましくやって来たのはいいが気は重い。それにハブがでたらどんなにがする、と不安をつのらせる。しかしこんなことをいくら悩んでいてもしょうがない。まず、山の神様へと、準備してきた塩と米を供えると線香を立て祈願したのだという。俺の親父のことだが、死んだのは、酒の飲み過ぎがたたってということになっているが、母から聞いたのはそうではなかった。砂糖きびを刈り取っているとき、ハブに手を咬まれたのに、血を吸ったあと、あがや、あんなに小さかったでないか、これくらいのものの毒、酒飲んだら小便と一緒に出がするといって酒を飲んだのだという」

「なんだって……かえってこれは血液の循環を速め毒作用を促進させる。ハブに咬まれたときしてならないのが飲酒なのに……おまけにハブの毒は大きさとはほとんど関係ない……ハブのいない島から来ているから」

「……ところが薄暗くなっていたというから遠く市街地の病院まで行っても助かったかどうか。俺らの場合も助からなかった。親父は酒がなによりの楽しみだったから死んで本望だったかも……」

日出男は溜め息をついては再びハブの入った木箱を眺め回す。政夫は首や手足の長いひょろっとした男に近寄り、肩に手を掛けると、日出男に向かって語りかける。

「日出男、遅れて悪かったが、改めて紹介しよう。こちらは、いつか君が話していたが、林春明《リンシュンメイ》という台湾人。父親は台湾からの移住者で本省人だ。君の言うように村でのことはぼくも早い時期からなんとかしなければと考えていた。しかし、ぼくのところの土地だった場所に家を建てている者たちや、リゾートホテルとの対応は現在どうにもならないところにきている。当選した市長でさえ推進中の新空港のことで頭がいっぱいだから。ところが林《リン》が手を貸してくれるということで新たな方法が見つかったんだ。君には話してなかったが、二年くらい前から林《リン》とこのことについて話し合っていたんだ。それというのも日出男の父親でさえあんなにハブを恐れていたというのを、そばを食べながら君のお母さんから聞かされていたからだ。どうしてだ、ハブのいないところから移り住んだからだ。林《リン》もそのことを話している。子どものころパイナップル栽培視察に来ていた本土人《ナイチャー》のハブに対する警戒心は異常なくらいだったという。もちろんハブは猛毒を持った生き物だから当然のことだが、島の人は子どものころから見てきているから怖さへの質が違う。そのことからあることを考え始めたんだ……」

「しかし政夫……これは……」

「分かっている……」政夫は頷《うなず》きながら傍《そば》の林《リン》に視線を向けて続けた。「もしかしたら殺人につながる。いや、すでに始まっている」

「政夫、村のものが犠牲になってもいいのか。あの、美紀のことがあるのに……」

「だから被害を最小限度に押さえられるように……このことでぼくだって死ぬかもしれないんだ。他にいい方法があるか？　無いんだよ。あるなら教えてくれ。林《リン》に出会ったときは気づかなかったが、彼はこちらの方言でいうアババァで聾唖者《ろうあしゃ》。言葉が話せないんだ。でも、手を使ったりして意志は通じる。叶わない場合も手のひらへ指で書くとかで間に合う。彼は信用できるから秘密が漏れる恐れはない。日出男が駄目ならぼくと林《リン》とでやる。幸いなことにぼくには親兄弟や子どももはいない」

政夫の言葉に、うつむき加減の日出男が頭を左右にゆすると額のてらてらした太陽《ティダ》が放射状に光りを放つ。これがしだいに膨らんでいくようにさえ見える。じっと政夫を睨《にら》み返していた日出男だったが、荒い息を吐くと唇を斜めにはしらせ、目を細めた。

「俺がなぜ、此奴《こいつ》のことを訊《き》いていたのか分からなかっただろう。林《リン》のことは前から人づてに知っていたから、お前のことが心配だったんだ。俺の父のことは話したが、ほんとは、お前のお父さんと俺の母は農薬で死んだのではないんだ」

「えっ！」

「政夫、よく聞けよ。あの日、俺が青年会の集まりから帰って来ると、寝たっきりだというお前のお父さんが杖をつきながらやっとのことで俺の家に辿り着いたところだった。母が迎え入れている。気になった俺は覗《のぞ》いたんだ。しばらくすると母は指先でお前のお父さんの、鼻の周りをなんどもさすってはすすり泣き、ながいあいだ抱擁を交わしたあと、傍《かたわら》に置いてあった籠からハブを取り出し、お前のお父さんの首を咬ませたあと、自分の乳房も咬ませたんだ……」

「頸動脈《けいどうみゃく》と胸部だとまず助からない」

「だから俺は医者を拝み倒し、農薬で命を絶ったことにしてくれと」

「そうだったのか……」

　日出男はしばらく遠い昔のことを悲しむように瞼《まぶた》を閉じていたが、とたん目を開くと、これまでと違った顔つきで話し始めた。

「政夫、御嶽《オン》の裏側に洞窟《ガマ》があっただろう。あそこにお前の話していた沖縄からのハブが数匹いたんだ。俺が餌を与えて育てていた。何十年間のうちには増えてくるので、あの水神様を祀《まつ》ってある川辺りになんびきかは放したんだよ。このハブはもともとお前のお父さんが読谷《よみたん》の友人から取り寄せたものだと思う。タマゴから孵化《ふか》するのも見ている。滅多にないが、一つのタマゴから二匹が生まれてきたときにはお前と俺のような気がして嬉しかったものさぁ。ハブのことはお前より詳しいんだ、政夫。お前にこんな危険なことはさせられない。俺がやる。俺は小さいときから冬瓜頭《スブイツブル》とからかわれていたくらいだが、お前はこの村になくてはならない人間だ。世界中の街や村々を見てきたお前が、これから村の歴史をつくっていくんだ」と話すと、それを証明するように日出男が箱からハブを出す。朽ち葉の上をずるっずるっと擦過音《さっか》を立て這い進むハブを、林《リン》からの補蛇棒《ほだぼう》で首根っこを押さえると、尻尾の先をさっと掴んで吊り上げる。ハブがからだをくねらせては瘤《こぶ》をつくり首をもたげ腕ちかくになってくると、二三度宙でゆさぶり攻撃姿勢をくずす。これには林《リン》ですら細い目を丸くして、政夫に笑顔を送る。日出男はまるでハブとたわむれているかのようだ。「どうだ見てて分かっただろう政夫。ハブは憎い奴だがハブがいるからこの島の自然は守られてきたんだ。もちろんマラリアやフィラリアとかの風土病もそうだったが。ハブがいなくなったらもっと破壊は進む。政夫のいうように人々は畏《おそ》れを抱きつつハブと共存してきている。政夫、きっと俺らの先祖や親たちもこのお前のやろうとしていることに力を貸してくれるさ。大きな沖縄《ウチナー》ハブが御嶽《オン》の洞窟《ガマ》に七十四余りいる」

三人は山を降り、すぐさま御嶽《オン》を目指す。轍《わだち》の残る草の道を歩きながら無言のうちにも傾斜地に建つ家々を眺める。鎖の張られた鉄杭の端からギンネムのほそい木々を払いのけて歩く。「今日は雨が止んでいて遠くの野底マーペーがいつもよりよく見えるなぁ」日出男がだれに言うとなく呟《つぶや》く。日出男と林《リン》の背後から草を踏み分けついていく政夫が応《こた》える。「さっきサキシマハブのことを話しただろう。あの日、真っ先に林《リン》と二人で野底マーペーに行ったんだ。というのは、島へ帰って来たときのことだがそこへ登ったことがあったんだ。頂上の斜め側だからここから見える角度になるな。そこの、ちょうど人が屈んだような大きな岩の下に赤い斑紋《はんもん》の鮮やかなとてもきれいなものがいたんだ。それでこれを捕らえて帰ろうとすると別のハブが。でもほっといて歩き始めたんだ。するると、ゆっくりとだが追いかけるようについて来るんだ。ハブがだよ。で、立ち止まると、これが林《リン》の手に下がったハブの入っている袋に近づき、さかんにからだを擦りつけるので、ぼくたちは顔を見合わせ、そのハブも袋に入れて持ち帰ってきたんだ。長年ハブを捕っている林《リン》もこんなことは初めてだという。二年前にこんな奇妙なことがあったんだよ。そのとき、メスをめぐってオスどうしが頭をくねくね高くのばし、からだを絡ませ合うのを見たことが政夫の頭を一瞬過ぎっていた。

　日出男の家を過ぎていくと、ユウナの木が茂りハスノハギリやヤラボがまわりを薄暗くさせるところに天に向かってくねりながら高く伸びた蒲葵《クバ》がある。すでに山の背に落ちていた陽だったが、ここからはまだ見える。丸太の朽ちかけた鳥居《とりい》が低い石垣をめぐらしたところにある。ときおり入り口のマーニへ微風が当たると上向きにならんだ真新しい葉ならびがなにやら信号を送ってくるように小刻みな揺れをくりかえす。古いシャコ貝《ギィーラ》の殻が辺りに散乱している。入り口の中央奥に古びた赤瓦の御嶽《オン》がある。その前に石で造られた苔《こけ》むした香炉がある。黒い板状の沖縄香の燃えかすが砂の表面に浮かび上がっている。御嶽《オン》の左壁下に付着して軒先まで葉を伸ばしている大きなオオタニワタリが木漏れ日を受けて緑を輝かせている。政夫たちは畏怖《いふ》の念を込め合掌した。そのあと、日出男が目で合図を送るので拝所に黙礼をしたあと林《リン》と彼の後についた。立ち止まった日出男の指さす石灰岩の岩場に穴がある。人一人が屈んで入れるほどの洞窟《ガマ》だった。その上を大きなガジュマルが生き物のように根を張っている。急に吹き始めた風が木々を揺らすと、鵯《ひよどり》が続けざまに鋭く啼《な》く。日出男がふっと消える。政夫は用意してきた懐中電灯で日出男を照らしたあと、周りや頭上に向ける。中は意外と広く、大きなつらら状の鍾乳石の先から滴がしたたる。洞窟《ガマ》特有の臭いに違ったものがくわわり、やはり生き物が棲息しているのを覚える。日出男が立ち止まって視線を向ける辺りへ政夫は光りを投げかける。窪みになった幾つかの岩場がある。そこを照らす。湿った土の臭いにまじってしゅーっしゅーっしゅーっと微かな音、あるいは鱗《うろこ》が擦れ合う音が鼓膜を振るわせ、めまいに似たものを感じさせる。政夫は日出男の傍《そば》に立つと、前方の落ち込んでいる窪みに光りを当てた。と、丸く渦を巻いていたハブたちが太い胴体からのほそい首すじをくねらせ重そうな頭をゆっくりともたげ、訓練された兵士のごとくいっせいに三角の鏃《やじり》を向ける。光りをはね返すようにハブの眼から妖しい、冴え渡った、凶暴性を帯びたたくさんの眼光が投げかけられてくる。たじろぎつつ政夫は素知らぬ振りをして林《リン》や日出男を見る。二人ともハブに向けられた光りの反射光で、顎《あご》のあたりがぼーっと浮き上がって口元からしだいに黒ずんでいき、目がハブと同じ光りを放っているように見えるので思わず息を呑む。そのとき、手袋をはめた手でズボンの後ろに手を回した日出男が袋から捕りだしたものを放り投げる。宙でチッチッと短く啼く。すると目の前のハブたちが棒になる。たくさんの牙が光りのなかで浮かび上がる。牙から飛散する毒液さえ鮮やかに見える。

一瞬だった。角度を変えて日出男は奥のほうへもう一度同じことをする。と、手のひらを返したみたいに背の黒々とした斑紋《はんもん》がずらっと横ならびになったあと、たちまちくずれた。あとは獲物を奪い合ってもつれあうからだのうねりが嵐の海のようにおぞましく波打つ。「どうだ！　こんな凄い助っ人はどこにもいないぞ！」日出男は興奮気味に叫ぶ。政夫は無防備な首筋に竦《すく》みつつ胸苦しさに襲われる。こめかみがずきずき疼《うず》く。心臓が早鐘を打つ。リゾートは米原の他にも、野底や伊原間、平久保半島の久宇良、川平に二つ計画が進んでいると聞く。もうだれにも任せられない。遅れをとった感じがしないでもないが、これからたくさんのハブを捕獲、増殖して、いわば地雷代わりの、この生物兵器をさらに増やさなければと考える。ハブを計画地へ放出して、咬症《こうしょう》による恐怖に陥《おとしい》れ、一人一人の移住者たちを時間を掛けて撤退させていくという方法をとる必要がある。とにかく始まったばかりだが、平久保半島まで続くこの山並みの奥深い自然が生息域拡大に必ずや効果をもたらすと信じる。洞窟《ガマ》の中に入ってきた強風が渦を巻き政夫たちを包み込む。雨音がしてくる。やがて大地に潤《うるお》いをもたらすうるずんの若夏《わかなつ》がやってくる。そうなれば、本格的なハブの活動開始だ。政夫は懐中電灯の明かりを消すと、二人を抱き寄せ、両腕に力を込め大きく息を吸い込んだ。と、闇の中で一つになった三人の身体が斑状《まだらじょう》に鱗《うろこ》で覆われ、たちまち巨きなハブとなって洞窟《ガマ》をくぐり抜け、マーニの茂る御嶽《オン》の草むらでとぐろを巻く。高々と鎌首《かまくび》を上げると、その青く透きとおる視線で傾斜地に住み着いて来た者たち、あるいはこれから建つリゾートホテル予定地の森にたむろする異質な者たちをじっと睨《にら》んでいた。

ヒラタバルの月

辿り着いたとき、雨粒がぽつりぽつり落ちはじめた。

雨宿りするところはない。もっとも全力で駆けていけば畑小屋が在るにはある。ところがそこまで行くことはかなわない。降りだした雨のなか畦道《あぜみち》をまっすぐ歩くしかなかった。道の向こうは海への方角になる。橋桁《はしげた》ちかく突き当たりまでくると、踵《きびす》を返し、濡れたアスファルトを滑る車の走行音を背後に聴きながら歩きだす。

わたしのいる田圃《たんぼ》は市街地から歩いて四十分くらいのところにある。普段だとここへ来ることなどまずない。しかし昨年あたりからなんどかおとずれているのは、恩師が稲作をしているからだった。一ヵ月前に糯米《もちごめ》を混ぜた二期米をいただいている。周りを三十分で歩けるこの田圃も今は残らず刈り取られ、切株と土の匂いを放ち雨を吸い込んでいる。水の張られたところがおぼろげに光り雨を弾く。目が慣れてきたせいか細い畦道までがよく見える。わたしの歩いているところと中央の前方左右はトラクターやコンバインが通れる道となっている。

手ぐしで、髪をかきあげ、十字路まで来て腕時計に目をやる。

立ち止まると、四方を見渡す。濡れた唇に煙草をくわえライターからの火で吸い込んだそのとき、ゆるい速度で車がやって来た。右寄りに停止する車のヘッドライトが目に痛い。ボンネットからの反射光の赤さえ眩《まぶ》しいくらいだ。無機質に作動するワイパー。目を凝らしても見分けがつかないので左側のウインドウへ手を当て確かめていると、身体《からだ》を傾げた女性がドアを開けた。素早く滑り込み補助グリップを引く。前髪を垂らした女性の横顔を食い入るように見つめてはみたものの、いまひとつハッキリしない。

「あの、申し訳ないけど……ルームランプをつけてもらえませんか……」

「いや!」

女性は車を前進させハンドルを左に切ったあと、今度はゆっくりバックさせていき、十字路から七、八メートルくらいのところに停《と》め、キーをひねるとシートの腰をいくぶんずらせた。再び暗くなる。わたしはハンカチで頭や腕を拭く。北向きに歩いていて、二つの山の間の坂道から木々に隠れてはちらちらするライトやテールランプを眺めていた風景とは違う。山の一つが左目の端にあって、前方、道路北側は砂糖きび畑がつづき空との境がぼーっとして明るい。とおくに空港がある。わずかにウインドウが下ろされる。わたしは躊躇《ためら》いがちに手のひらでフロントガラスを拭く。カエルの鳴きごえにまじって、道路と砂糖きび畑の間から海へとながれている川の音がする。

突然の雨は止み、空を覆っていた雲はたちまち消え、空港上空、東の空に月が姿をあらわした。

「あの夜とおなじ……」

「えっ！」思わず声を漏らし話しかけた。「失礼ですがわたしはあなたのことをよく存じあげない。意味ありげな言葉よりも名前を名乗ってはいただけませんか」

「だから、月夜のこと覚えてなくって」低く抑えた口調で話しかける。

わたしはハンドルに手を掛けたまま月を見つめる女性へ視線を向け、過去へと遡《さかのぼ》るのを繰り返してみては溜め息を漏らす。月を仰いでいた女性は痺れを切らしたのか、前髪をはね上げると、わたしのほうへ迫り顔を近づけた。とたん息を呑む。雲の合間からスッとあらわれた月のように遠い過去の出来事がわたしのなかでたちまち甦《よみがえ》る。

(銀行の前で立っている彼女が目に入ると、オートバイを停め声を掛ける。長身の彼女は冷やかな視線で言葉を返していたが、誘いに応じて後部シートへ横乗りに。エンジン音を響かせ街を抜けると橋を西へと飛ばし、湾沿いの白い道をわたしたちのオートバイが疾走する。わたしの髪と彼女のしなやかな長い髪が潮風にひとつになってはなびく。公園のベンチに腰掛け、月明かりの湾をながめ話したあと、帰りのヨーン松林を過ぎたところでオートバイが一瞬宙に舞い上がったそのとき、彼女はオートバイから落ちた。)

「あのときの……」

「やっと思い出してくれたのね。忘れてもらっては困るの」

「忘れる……」

（急ブレーキをかけ、回転するオートバイのキックスタンドをはね、彼女のところへいき声を掛ける。「どうしたんだよ」。ところがうずくまったまま両手で顔を押さえている。「血が……血が……」指のあいだから腕をつたう血。石の突き出た路面に黒い染みが。「どうする、どうするう」彼女は悲鳴を上げる。わたしは気が動転した。そのままオートバイに乗せ街まで行くのがいいか、しかし意識を失い再び落ちたらどうなる。これは車を待つしかない。わたしは決心すると、なにがなんでも車を止めなければと、仁王立ちになる。七分たっても車は来ない。焦ったわたしは「傷口を強く押さえろ!!」と声だかに叫ぶ。時計を見る。来ない。なんということだ。やはり自分で運ぶしかない。こんなことならば早めに決断すべきだった。地団駄踏んだそのとき、松林の向こうから車らしきものが。懸命に両手を振る。急停止したタクシーのヘッドライトに土煙が上がる。顔を出した運転手は怒りをあらわにする。わたしは運転手の肩を強く握ると早口で事情を話す。血だらけの彼女を乗せると病院の名を告げ、とにかく急ぐように頼み込む。坂道のカーブをテールランプが消えると、すぐさまオートバイに跨《また》がり、エンジンキックを踏む。かからない。なんどやっても同じ。しょうがないので近くのパイナップル畑まで引っ張っていき、木々の間に隠すと急いで道路へ出た。二十分余り待ったが車は来ない。坂を下った半島入口の村まで駆ける。焦ってのめったがとにかく駆けた。途中雪駄《せった》の鼻緒が抜けると脱ぎ捨て、裸足で走る。月明かりに売店近くの大きな松の木が見えたとき背後からのライトに気づく。振り向いたわたしは右手を振った。しかしジープはそのまま通り過ぎていく。落胆したところ二十メートルくらい先で停まった。駆けていき、事故があったことを告げる。とろんとした目の男が助手席にいるので、後部に積まれたパイナップルの隙間へ乗り込んだ。酒臭い運転手は窓から顔を出しては「心配するな！」と連発した。）

「あなたの頼んだ通り、タクシーの運転手は連れていってくれたわ」

「ジープの運転手へお礼を述べ、病院へ入ったところ『出血がひどくうちではとても応じきれないから県立病院へまわしました』といわれ、タクシーでやっと着いたときにはオペが始まっていたので電話帳から君の住所をさがし家を訪ねたんだ。二時を過ぎていただろうか。そのあと、病院へ行ったとき、手術が終わったのを知らされた。君の両親にはなんと謝ったのか覚えてない。ただガッチリした身体つきの医師がわたしの肩を叩き、『幸運だなあ君は。俺だからやれたんだよ。命はもちろん顔もね。ここいらの医者ではどだい無理なことさ』と交流医師は笑った。そのあと君の両親と待合室で君が目を醒ますまでいたのだが、意識を取り戻したのは午後あとだったという。君のお母さんのすすめでいったん帰って病院へ行くと看護婦さんが、『譫言《うわごと》で名前を呼んでいるのでいっておやりなさい』というものだから、ベッドの側にいると君のお母さんが来たんだ。あとのことは君も知っている通りになる」

「あなたは一日も欠かさず決まった時間に見舞いに来てくれたわよね。ところが退院してからはなにも無かったじゃない。手紙も書いたのに返事は無し。それであなたの仕事先へ行って、本土の方へ行くことになったと話すと俯いて黙ったまんま。そのとき一瞬だったけれどほっとした表情をわたし逃さなかったの」

「病院での君は、わたしではなく他の名前を言いつづけていた。それらしき男性は君が寝ているときわたしと入れ違いに見舞い来ていた。しかしそれっきりらしかった」

「好きな人ならわたしにも一人や二人はいたわよ。今でも覚えているわ。あの人は同じ職場の行員。ところが男と遊んで事故に遇《あ》った女性となると遠ざかるものよ。わたしが言いたいのはあなたのところへ行ったあのとき、あなたの口からなんらかの言葉を聞きたかったの。そうなの期待してたのねわたしって……。あちらで落ち着いてから手紙をだしたのに、予想していた内容とは違うし。それでもあなたが三年後にやって来たときはとても嬉しかったわ」

「上野動物園での……」

「そう、西郷さんの銅像の前でジーンズ姿のあなたと」

　あれは万国博を観てのあと、小豆島から京都へ行き、夜行で東京に着いた朝のこと。わたしは突然、彼女のことが気になりだしたのだった。そうなると居ても立ってもおれず公衆電話に駆け込み、時計店の電話を調べた。六十軒ちかくあった。たくさんの時計をバックにしての、写真の記憶が頼りだった。「『お宅に沖縄出身で石垣島から来ている宮良由美という二十二歳の女性が働いてはいませんか』と掛けまくった。徒労に終わることは承知の上で電話帳に朱線を入れていく。ところが七軒目に『その子でしたらうちにいます』緊張して言葉を詰まらせていると、『九時過ぎごろ出勤しますのでそのころもう一度電話下さい』という」

願いというものが叶うことをすなおに喜ばずにはおれなかった。

「それで九時半ごろ電話があったのよね。あのときの気持ち、どう話せば伝えられるかしら。早く行ってあげなさいと店長がいってくれてね。わたしは胸の動悸を抑えながら小走りであなたのいる、そう、西郷さんのところから一歩でも動いちゃ駄目よ十分くらいでそっちへ着くから、と言ったのよね。遠くからあなたの姿を捕らえたとき自分でも信じられないくらい興奮していた。これもわたしが母になんとか届けてほしい、という内容の手紙とともに写真を送ったからなの。もちろん住所も書いてあったわよね。で、弟が、まだ小学生だった弟があなたに渡したということだった。わたしにしてみれば、動物園の、チンパンジーやライオン、ペンギンなんてどうでもよかった。島にいるときとは違って、人目を気にせず寄り添って歩けるだけでも嬉しかった。まるで初めてのデートのようで浮き浮きしていたの。ところがあなたの心はどこかへ飛んでいるみたいで、わたしのこと、わたしの目をろくに見てくれない。案の定、動物園を観終わると、さっさとさよならしたじゃない。そのときのわたしの気持ち、いいえ女の心を踏みにじったのよ、あなたは。わたしは夕食を共にして、積もる話を聞いてもらいたかった。わたしの部屋まで来て欲しかった。そのあと二人で過ごしたかったのに。そう、今だから言えるけどあなたに抱かれたかったのよ。なのに手を振って雑踏のなかへ消えてしまって。その日一日わたしがどのように時間を過ごしたか分かって……」

言葉が無かった。彼女のいうとおり、わたしはさとられないように額から鼻柱にかけてのえぐれた深い傷を、三年前の傷痕を確かめていた。そして、四十分後には心を固めたのだった。だからカメラを持っていたのにもかかわらず一枚の写真すら撮らなかった。

「あなたが帰ったあと、母から街で出会ったという電話があったわ。『克彦さんって礼儀正しい子ね。あんなに誠実そうな方なのにどうしてあんたをそのままにしているのかしら。なんとかならないのあんたたち。あんたが強くでればだいじょうぶと思うんだけどねぇ。そこのところが分からないのよ、あんたのことも含めてね。こういうことはあまり長引くと良くないよ。とにかく後で後悔しないようにしなさい』と言われたわ。母は知っていたのよ。病院での三週間の対応で。父も嫌な言葉一つ吐かなかったでしょ。あなたも話してたじゃない、わたしの両親には救われたと。これってあなたがうちの両親に気に入られていた証拠でしょ」

左右のウインドウが低い唸りを立て下りていく。

東の空、砂糖きび畑の上を月に照らされた旅客機が離陸する。短い滑走路のせいか、急角度で危なっかしく上がっていく。こんな時間に飛び立つことはあまりない。自衛隊機が渡り鳥の群れに突入してエンジントラブルを起こした、というのを昼過ぎのラジオから聴かされていたからそのためによるダイヤの乱れかもしれない。それにしてもジェット機が鳥のためにおかしくなるということ事態がわたしには信じられない。

「あなたとのことだけど。みんなになんと言えばよかったの。なにも言えないわよ。そうでしょ。何も無かった。そんなことだれが信じると思って。だからあなたはわたしにも救われたのよ、分かって。わたしがあなたに話したこと覚えてる『ここにおればあなたに悪いから』と言ったよね。でもそうすべきじゃなかった。ここにいてよかったのよ。きっと。確かに迷惑はかけたくなかったんだけどあとのことを深く考えてなかったの。そのあと、自惚れやさんだったわたしがどんな体験をしたか知らないでしょ。好意を寄せてくれる男性とデートする度に決まったように聞かされたことは、ところでこの傷どうした、ということ。で、若いころの単なる事故なのと答えはしたけど。正直に話した相手には、セックスするたび傷が気になって、なんとなく元の彼氏がどんな男か想像しちゃうんだなあ、といわれ別れ話になってしまうの。いっつもよ。またあるときは、ナイスボディーなんだけどこの大きな蛭《ひる》のくねったみたいな傷がねえ、と額を指でパチンと弾いたりするもんだから頭にきて張り飛ばしてやったわ。冗談じゃない、一体わたしがなにしたっていうのよ。そうよ、この傷さえなければ何事も起きなかったのに。この傷がなにもかもめちゃくちゃにしちまうのよ。あなたとのあの日、実は、付き合っていた行員を待っていたの。そこへたまたまあなたが来たの。ツイてないとはこんなことね。まったく。だから上野であなたと会ったあとはまるでいいことなし。

あなたは女じゃないから鏡に向かう度に傷を見るわたしの気持ちがどんなものかどだい分かりっこないわ。おまけに事故から六、七年くらいして、右の顔面が割れるくらい痛むようになったの。後遺症が起きたのよ。それで手術を。おかげで右目は開いたまんま夜も天井を見つめているの。わたししまいには風俗の仕事に染まっていったのよ……」

（あの日が、上野での朝のことが、彼女にとってこんなにも特別なものだったとは。傷は退院後より目立たなくなっているようだった。いや、そういうふうに思いたかった。それでこんなにたくさん男のいるところだと、いずれふさわしいい相手がみつかるに違いないと。わたしの性格からしてあの日、迫られたならばたぶん断りはしなかっただろう。あの夜、友だちから借りたオートバイを走らせていて、ただだれかを乗せたいという気持ちだった。そして断られるのを承知で声を掛けたのだった。声さえ掛けなければなにも起きなかったものを。そんなことで結婚したとしても彼女を幸せに出来たかどうか疑わしい。第一、彼女のことを考える時間などなかった。一方的にお喋りを聞かされた数時間だった。手を握ったりということすらなかった。だから同情で一緒になったとすれば自分の気持ちに正直ではないことになる。ろくに語り合うことさえなかった人とやっていけただろうか。もしも彼女が一、二年島にいたならば違った状況になっていたという可能性はあっただろうが。しかしすぐ銀行を辞め、東京へ行ってしまった。彼女の気遣いであったかもしれないが旅立つ日さえ知らされてはいない。沖縄が本土復帰をする四年前のことになるか。そんなこともあってあのときの旅は、わたし自身にとってもある意味を持っていた。ただあちらで一日ほど留まり、彼女と話し合うべきだったが、そうなると彼女のペースに引きずり込まれるのを恐れ意識的に避けていたということもある。そうなのだ。気にはなっていたが会うつもりなどなかった。身勝手だと言われるかもしれないが、これからもずっと、一生彼女の傷を見つづけていくということにわたしは耐えられなかった。ところが、後遺症のことまでは……）

二人して十九歳、台風のあと、満月の夜の予期せぬ出来事だった。

海からの潮の香を胸一杯に吸い込んだあと、しずかに吐きだす。

「しかし不思議な関係ね。あなたとわたし。いいえわたしとあなた。こうして今も繋がっているのだから。熱烈な恋愛で結ばれても二年ももたないカップルさえいるのに。あ、あれっ、見て！　見て！　ホタル！　ホタルよ。それも一匹、なんだか切ないわ。いったいどこへとんでいくんでしょうねぇ。昨日《きのう》わたしの家にも迷い込んだみたいに入ってきたのよ。それで捕らえると、明かりを消し、籠のようにした手のひらの中に入れ、いつまでも独りで眺めていたの。しまいには生気をなくしたようになったんだけど、ホタルって頭部の赤がとってもきれいなんだよね。こちらではこんなに光を放つホタルがいたのよねえ。あとわずかでもう十一月かぁ。新北風《ミーニシ》も吹き始めて、このところずいぶん涼しくなってきたわねえ。そういえば、あの夜の帰り、川平村を過ぎたところでのホタル覚えてる。あなたが気づいてオートバイ停めたじゃない。ライトが消えると、小さな田圃の草むらの辺りからちいさなホタルがわきたつようにつぎつぎとんできてはもつれ合ってひとつの大きな塊《かたまり》みたいになって松林を縫うようにながれ、上空へ上空へととんでいき月明かりに消えていったホタルの群れ。あんなにもたくさんのホタルを見たことなかったわわたし。しばらく放心状態だったの。その直後だったわねわたしがオートバイから落っこちちゃったのは……ところでここのヒラタバルって川に挟まれたいいところね。わたしね、三年前、名蔵《なぐら》湾を遠望できる小高い丘に家を建てたの。で、ここにダチョウがいると聞いたものだから、スーパーの帰りしな前を流れる川、なたつ橋のところから車で入って見たの。ほらここからまっすぐ行ったところの端っこの田圃をいくつか埋めたところで園芸をやっている方が養っているの。人なつこくって人間がくると七、八頭のダチョウが太い長い脚でやってきてくりっとした大きな目で見つめるの。表情がとても可愛くておもしろいのよ。すーっとのびた首からの頭、それってまるで異星人。あの顔いったいなにを考えているのかしら。もっと広いところで放し飼いさせたいくらい。こんなだとそのうちあの立派な脚も弱っちゃうでしょうねえ。飛べもしないのに可哀相なことね。初めのうちはダチョウばかり見ていたんだけど結構自然が豊かなことを知ったの。で、今の位置からずっと後方、真喜良《まきら》橋に至る川ちかくに車を停めて、バードウォッチングをしてたの。すると昨年、あなたらしき人が年輩の人の車から降りてくるではない。思わずドキッとしながらも双眼鏡でずっとあなたを捕らえていたの。これまではちょっとした声だったのに、顔の表情ひとつひとつまでもがこんなに間近に息苦しくなるほど迫る。あのときの感情ってあなたには分かってもらえないでしょうね。身体がたちまち熱く燃えたぎったの。そのときからわたしはある決心をしたの。どんなことか分かる。この人はもともとわたしのものだった。わたしと一緒になるべき人だった。わたしと結婚すべき人だったのだ。もうあなたの都合などどうでもいい。ただ三十七年という時間がながれただけのこと。あなたが渡り鳥のように途方もなく遠くを旅していただけのこと。ところが帰ってきた。わたしのもとにあなたが帰ってきたんだとね。理不尽なことだと思うかもしれないが、そういう結論に達したの」

一年前ここへきたとき、遠くに赤い色の車が停まっていた。その後もその車は同じ場所で生き物のように夕暮れまで息づいていた。青々とした田圃の風のなか、たわむ稲穂のなかのその赤い大きな甲虫みたいなものがいつも心に引っ掛かってはいた。フロントガラスの反射で見えないこともあったが、そのうちサングラスの女を確かめた。

四、五年前から名蔵のなだらかな山裾に本土からの人たちが家を建てはじめたところがあって、今では二十六軒くらいになっているか。一戸建て一階、屋根はすべて赤瓦。上へいくにしたがい幾らか高台になっていき、それぞれの家の窓からは西側の景色が眺められるつくりになっている。右手海沿いに勾玉《まがたま》の形をした田圃。そして遠浅になった湾の向こうには崎枝《さきえだ》の屋良部《やらぶ》半島が。そんな、夕陽が湾を染め西表島の辺りへ沈んでいく絶景が売りになっているらしかった。島を一周する道路が伸びていき崎枝村から川平湾へといく坂道が松並に覆われているのもうかがえる。いつだったか、車から降りてそこのリゾート風建物を見ながら歩いていたときのこと、女性が身動きせずレースのカーテン裏から見つめているのを妙に感じたことを覚えている。「佐藤」という表札の掛かった家だった。

（そうだったのか……一年以上に及ぶ顔のない無言電話はやはり君だったのか……それにしても昨日の、わたしを呼び出すための声はどんな細工を凝らしたのか。）

「あなたのことならほとんど知っているつもりよ。ずっと調べてもらっていたから……。だからあまり多くは望まないわ。どうしても諦めきれないの。できれば一緒になりたいの。そうでなければ一生わたしは浮かばれないわ。そうは思わないの？　あなたにこれまでいろんなことがあったとしても、こちらではだれからも信頼され小さいながらも出版業という仕事をしている。それに奥さんとの幸せな家庭に納まっていて、わたしだけが恵まれないで苦しむ。なのにわたしはあなたから忘れ去られる。どうしてわたしだけが、わたしだけがいつまでも引きずっていなければならないの。こんな状態が許されていいはずないわ」

「そうではない……そうではないんだよ……。あれは、ぎんねむの繁った土地での境界線の杭打ちをしていたときのこと。声を掛けてくる年輩の女性がいたんだ。振り向いてその方を見たとたん、わたしの手からハンマーがぽろっと落ちた。君のお母さんだった。『どうしたの』と聞くものだから『ここに家を建てるんです……』と答えた。すると『良かったね……わたしのところも数年前こちらに建てたのよ。二、三軒隣だからときどき遊びにおいでね』といわれる。たちまち冷や汗が背筋をつたった。結婚して十三年、君とのことを忘れようとする毎日だった。ときどき街中で出会ったとき『校長先生の娘と結婚したそうねえ……』と言われたこともあった。わたしはただ深々と頭を下げることで精一杯だった。建築現場のすすみぐあいを見ながら、これから先も君とのことに縛られていくのだ、と考えているとやりきれなくなりわたしのなかでなにかが音を立てはじめた。完成した翌日、アメリカのスペースシャトルが空中爆発。しばらくして一人息子の死。君も知っているトゥバラーマの謡《うた》のあのアコウ樹手前の十字路で、信号無視の車に轢《ひ》かれ……ほとんど即死という状態だった。他にもいろんなことがあったけど、それに君のご両親もとうとう亡くなってしまったね。弟たちも本土のほうへ行ったとかで。今では知らない人が住んでいる。わたしのところは、父がわたしの二十歳のとき、母は四十二歳のときだったが、君とのことはいっさい話してない。もちろん妻へもだ。もともと傷つきやすく脆《もろ》い生まれついての性格も災いしてか、あの夜の事故があってからというものなにをやっても上手くいかない。譫言《うわごと》を発するというわたしに疑念をいだいていた妻だったが、数年前からパソコンの青い光を浴びながら深夜までわたしの知らない相手とメールのやりとりを続けている。もう修復不可能なところまできている。こんな日々なんだ。壊れているんだわたしの家庭は……君が考えているようなものではない……だからもう……」

「そうだったの……奥さんのことまでは知らなかったわ。わたしはただあなたのことだけを……。

わたしね、今、独りで暮らしているの。ずいぶん年上の人と、自分の親くらいの方と一緒だったんだけど昨年亡くなっちゃって……。だからお金のことなら心配ないわ。ねえお願い、二人で暮らしましょう。あれこれ考えずに身ひとつで来ればいいのよ。わたしたちどうせこうなる運命だったのよ」

「しかし妻が……」

「いたってかまわないじゃない」

「…………」

煌々《こうこう》とした月明かりがヒラタバルを照らす。

車の中のわたしたちは青い光に濡れる。

「影踏み遊びって知ってるかい?」

「いいえ」

「盂蘭盆《ソーロン》のときなど四、五人でやったんだけど。これは自分の影を踏まれると負けという単純な遊びでね。だから踏まれないように逃げ回るんだが足の速い相手に追いつかれると、福木の陰にサッと逃げ込んだりする。でもあんまりじっとしてると遊びにならないから出ていくんだけど。このとき、踏まれるのをかわしているうち遠く墓場の辺りまで来ていてねえ、友だちからは逃《のが》れたのに今度は月が迫ってくる。魔物《マザムヌ》みたいに追ってくる。どんなに走ってもぴたっとくっついてくるので恐ろしくなってとうとう泣きだしたことがあったんだ……」

「そう、おもしろそうね……」

「いや、怖かったということだけが……」

満月がわたしの心をしだいに昂《たかぶ》らせていく。

こんなに遠く離れているところからだと気づかない月のクレーター。それも同じクレーター。これは地球を回る公転周期と自転周期が同じであるからいつも変わらない表面を見せる。傷跡のクレーター。わたしのなかでだんだん大きくなっていく月に見入っていると、わたしたちを乗せた車が宙に浮き上がって、月へ、月へ、と向かっていく。これまでのさまざまな映像が瞬時にコラージュされる。彼女に再会する前の年の、宇宙飛行士が月面に降りたときのことが甦《よみがえ》る。見渡すかぎり荒涼とした石ころだらけの風景。鮮やかな靴あと。その地平線上に、水を湛《たた》えた青い地球が球体下を闇に隠してぽかり浮かんでいる。不毛の大地と、生命体を包み込んだみずみずしくも脆《もろ》い地球。隕石衝突における無数のクレーターの海と呼ばれる闇の領域。どういうわけかそのなかで、宇宙服の彼女とわたしが弾むようにゆっくりゆっくり歩いていて、ふと立ち止まっては寄り添い、とおくわたしたちのいるヒラタバルを見つめている。しばらく自分だけの世界に浸っていたわたしは我に返る。彼女の手がわたしの手首に触れる。わたしは月明かりに照らされる彼女の傷痕《きずあと》に指先を這わせながら、彼女の指へ、汗ばんだ指を絡ませはじめた。

風の巡礼

ノンアルコールをちびりちびりやっているのも気分だけの酔いだから焦《じ》れったい。

タバコを喫《す》いながら一人で飲んでいると、わたしより一つ上の肥《ふと》った常連客が入ってきて向かいへ同席するなり、「七月もあと僅《わず》かだなあ」とくる。

「ですねぇ……けど、どうして今日は遅れたの」

「実は俺の誕生日ということで石垣牛の焼き肉を奢《おご》られてなぁ」

「七月二十九日に産まれたんですか」

話し始めたとき、今日は休みだといってカウンターにいた従業員の女《こ》が席に加わり、紙箱を開くと、中からケーキを取りだし、ローソクを立てる。

「おっ、俺の誕生日を憶えていてくれたか！」

照れつつも慣れない歌を唄い彼の誕生日を祝う。上機嫌の彼は泡盛をグイグイ飲んだあと、トイレへと立つ。

わたしへ視線を向け、肩をすぼめた彼女が口許に手を当てると低い声で「今日はウチの誕生日で、これ、貰ったケーキなの」と話すので吹き出してしまった。

「それより大浜さんはいつ」

「誕生日かぁ。しばらく忘れていたなぁ」

「えっ、どうして？」

「う～ん。実はわたしのところは孫の女の子が十二月一日、娘が十七日、ぼくが十五日、妻が二十四日のクリスマスイブ。十二月は誕生日ラッシュで大変なんだ。だからぼくのものはしないでもいいと言うとブーイングになったので、みんなが予定のある慌ただしく賑やかなイブの、妻の誕生の日に合同でやってるんだ」

「へーえ、でも、こんなのって面白くない」

「……けど、いい面もある。それは歳をとっていく気がしないんだ」

「じゃあ、五歳上の大浜さんはウチより若いつもりなの？　これからもウチだけどんどんそうなっていくわけ？　笑っちゃう」

　彼女はわたしの左腕をつねる。

「おい、おい、あまり虐《いじ》めるなよ」

　久し振りに楽しい話題で時間を過ごし、二人を残して店をあとにした。信号機を渡り、半月の月を眺めつつ歩いていると、八重山支庁跡地の立派な石垣の前に、水気のない誰かの家に植えられていたのか、ライトアップされた枝々から貧弱なサガリバナにつらなるいくつかの蕾《つぼみ》に目がいく。と、上から順に花の落ちたほそながいひも状のなかごろに向かい合った二つの蕾が屈《かが》み込んだ人間に見え、はっとすると、たちまちあのことが甦《よみがえ》り思わずうなじをさする。

もう、遙《はる》か過ぎ去った昔のことになる……。

二人はわたしと誕生日が同月同日《どうげつどうじつ》だった。

こんなことは滅多にないといえる。

そのうちの一人は、長兄の木工所に働いていた男だった。

東京オリンピックが終わって半年が経《た》とうとしていた。

少し前の、わたしが中学のころまで石垣島では西表から切り出してきた島材を製材所で割《わ》き、しばらく道路脇の石垣で並べ立て、数時間おきにひっくり返すという天日乾燥《てんぴかんそう》をしていた。

これを、摸合《もあい》を起こして、やっとのこと購入した定置式電動万能機をとおし均一にカンナがけしたあと、木工用ボンドで貼《は》り合わせると、大きな一枚板にして、本格的に鉋《かんな》をかけ、洋ダンスとか水屋、仏壇などに使用する。

背面や側面はだいたいセンダンを使った。表の鏡板とかは木目の美しいヤラブやドゥスヌという方言名の木材を使用していた。

ところが、沖縄本島はもちろんのこと、石垣にもフィリッピンから大きなラワン原木が入るようになる。

こうなると本島でもベニヤ板などが量産できるようになっていたが、こちらではまだまだ島材を使っていた。

ちょうどそんな頃になる。

夏の盛りだった。

白いスーツにパナマ帽の男が、工場《こうば》に姿を見せ、働かせてくれ、といって兄と交渉をはじめる。スプリングシャツ姿の兄は仕事の手を休め、頭からのねじり鉢巻きタオルで身体《からだ》のおが屑《くず》をはたいたあと、しばらく男と喋っていた。話を切り出すまえに職人さんたちの仕事ぶりをしばらく眺めていた男は、「親方《おやじ》、今どきこういう仕事をやっていたんでは笑われます。ぼくは那覇での経験がある。ぼくを使えば必ず儲《もう》からせてみせます」沖縄口《ウチナーグチ》混じりで話しているのが聞こえる。兄は初め、頷《うなず》きながらも胡散《うさん》臭そうな表情をしていたが、「儲かる……」という言葉に目つきが瞬時に変化したのをわたしは逃《のが》さなかった。

「明日から来い！」と返事をすると、男は工場から西へと歩いていった。

その後ろ姿に、ここいらにいる職人さんたちにはない、或る種、言い難いものを感じた。

兄が話すには、那覇からの者で、名前を瑞慶覧《ずけらん》義勝《よしかつ》ということらしかった。

一週間くらいして、仕事が一変する。

手伝わされているわたしでさえ、戸惑ったから、他の職人さんたちはなおさらのことだろう。こんなことからわたしはさらに重宝されるようになる。

製材されてきたラワンの大幅で長い数枚の厚板を寸法に合わせ、痩せぎすのわたしが先丸ノコギリで、休み休みしつつ断ち切る。これを二寸とか一寸五分に電動鋸《でんどうのこ》で均一に割《わ》き、電動カンナをとおしたあと、波釘《なみくぎ》でつないで枠をつくり、両面とか片面に、ボンドで一分《いちぶ》ベニヤ板を張り付ける。これと同じサイズのものを、三、四本の角材に長いショルダーボルトをとりつけたものを縦に並べ、砂糖きびバガス合板の厚板を敷き、その上へ重ねていき、さらに厚板を被せ、穴のある角材に通したあと、ねじ山のナットを自在スパナで均一に締め上げていく。三時間後にこれを外す。こんな部分パネルをつくる仕事をする。あとは職人さんたちが絞ると容器の細口からでてくるボンドを曳《ひ》き、合わせ、頭の無い二寸釘で打ち付け、組み立てていく。

形をなした側面白木の、釘穴にボウル容器で水に溶かした硬めの砥《と》の粉《こ》を埋めたあと、薄めの砥の粉をぼろ切れで塗っていき拭《ふ》きとる。これが乾くとぼろ切れでさらにふき、シンナー調合したサンディング・シーラーを刷毛《はけ》で塗り、次に目の細かい紙ペーパーでかるく均一に擦り上げ、最後はていねいにニスで仕上げるといったぐあい。

こういう一連の汚れ作業がわたしの受け持ちだった。

これまで島材のタンスだと初めから仕上げまで一人でやるから二十日に一台くらいだったもの

が、一週間に十五台以上を量産する。週末の夕方になると荷車《にぐるま》に乗せ、共同でやっている木工組合の売店まで何度も往復する。

職人さんもこれまで兄を含めて二人から四人に。わたしを加えると五人になる。

そのうち屋敷主がパイナップル工場近くに在《あ》る製缶工場に働いている自分の息子を使ってくれないかと頼み込むので、引き受けざるを得なかった。

父は「将来のことを考えてそうしたんだな」と苦笑いをしたあと、不安そうな表情を浮かべながら兄へ話していた。

そんなこともあって、わたしを含めると六人に膨れあがっていた。

当然のこと勉強どころではない。

ながい雲をひきベトナムへ飛んでいくジェット戦闘機を見上げながら学校から帰ると、工場で手伝わされる毎日だった。

兄は現在の場所に移る前、同じ縦道《たてみち》二百メートル先になる映画館東角の建物で工場《こうば》を構えていた。電動鋸による騒音が近所からうるさがられるようになったため、もともと沖縄本島出身である方の屋敷、井戸近くから広い豚小屋一角の土地を貸してくれるよう相談していた。しかしなかなか承諾しないので、十年経《た》ったら建物をそのまま差し上げる、という条件付きで白いペンキの小ぎれいな工場を完成させた。

これは一回り歳の差のあるわたしからみてもかなり常軌を逸《いっ》した無謀な条件といえた。だからこそ兄は必死だった。

こういうとき沖縄本島からの男はわたしたちの前に現れたのだった。

夕食時は、この瑞慶覧義勝のことで持ちきりだった。

「義勝のお陰で、何もかも上手《うま》くいくようになった」と言うと、兄嫁は「アンタも運が向いてきたみたい。踏ん張って借金も早く返すようにならんとね」と応える。

家督《かとく》を兄夫婦に譲っている両親も、これで一安心という表情をしていた。わたしだけが何となくわだかまりを持っていたものの、日が経《た》つにつれ、あまり気にしなくなっていった。

授業が終わって帰ると、父から急かされ工場へ向かう。兄から言われて同業者の工場に、貸してあった、はた金という接着のさいに使う工具を取りにいったとき、わたしより一つ後輩で離島からの見習いがいたので話しかけたりしていた。ある日、別の件で行ったときのこと、「お前なんかの、義勝のところでときどき花札《はなふだ》をやってるから来いなあ。面白いよ」と誘われる。

わたしは笑いながら、工具を自転車に乗せると、戻ってきて見習いと一緒に手伝っていた。この見習い、人柄は良いものの、物覚えが悪い。だから三、四歳上でも対等に話していた。仕事をしつつも花札のことが気になってしょうがなかった。そのころヤクザ映画で賭場のシーンを見ているここともあったからだった。

一と月前の日曜日のことになる。

西表島の東部から来て、わたしの家からそれほど遠くはないところに間借りしていたクラスの友だちと、川平公園へ行くこととなった。バスで公園まで着いたとき、新聞に〝本日限り〟とあった映画のことをふと思い出し、このことを話す。友人は初め不可解な顔をしていたものの、わたしがバス停へ向かうと怒って湾への階段を下りていった。

わたしはバスに乗らなかった。バス代を払えば映画を観ることが叶《かな》わなかった。村からヨーンの松林を抜け歩く。大干潮の名蔵湾のなかを横切るようにして歩く。そのほうが時間の短縮につながるという考えだったが、間違っていた。思うようにいかず、汗だくになりながらも汚れた靴のままひたすら歩く。名蔵大橋からモクマオウ林を越え、木々に覆われた野呂水《ヌルミジィ》のひんやりした坂道を上がりきると、ようやく市内の家々や港に島々が一望できた。

それから一時間かけて映画館まで着き、椅子に腰を下ろしたときはクタクタになっていた。映画は先生から薦められた火野葦平という作家の原作による「花と龍」だった。

ところが独りつまらなさそうに浜辺を歩いている友だちの顔が暗がりのなかから浮かんできて、集中して観れなかった。

義勝《よしかつ》という職人はわたしへ好意を寄せている。

わたしが学校で本土農家への九州研修に行かないのを、誰から聞いたのか、わたしのいる前で「親方《おやじ》は、健一がみんなと行かないで、家の手伝いをしているのを知ってるかァ。親方《おやじ》が健一を跡継ぎにしたいのは分かるが、こんなのって、あとあとどうなるか分からない。たとえば親方《おやじ》の長男が継ぐことになれば、健一の将来はどうなる。頭は悪そうではない。高校卒業では可哀想だろう。そのこと親方《おやじ》はどう考えている」と話すので、兄は、「これはぼくに何も話さないのに……」とただ黙って聞いていたことがあった。

そのとき、兄嫁に気遣い、誰にも話さない、わたしの胸の内を義勝兄さんが察していたのが嬉しかった。

その晩、机に向かっていたが、兄のことを親方《おやじ》と呼んでいた義勝兄さんが頭に浮かんでくるのが繰り返される。

やがて、雨戸をしずかに引き、外へ出ると義勝兄さんのところへと向かった。

御嶽《オン》を過ぎ、左へ折れ、坂を下り、工場から西に歩く。十字路の手前に床屋があって少し行ったところに、校長をしている方の向かいに在《あ》るトタン葺《ぶ》きの一軒平屋を借りていた。泡盛の空き瓶《びん》が積み上げられた壁ちかく、半窓になっているところから覗《のぞ》くと、すでに五、六人がいて、その中に余所《よそ》の、あの見習いもいる。昼間とは違い、身なりからして随分と大人びて見える。奥さんがわたしを見たのか、「あら、親方《おやじ》の弟、健一が来ているよ」素《す》っ頓狂《とんきょう》に叫んだので、皆がわたしへ視線を向ける。五、六年前からいる温厚な職人さんが「健一、お前、何しに来たか！　あっさ、兄さんに怒られるゾ。帰れっ！」と怒鳴る。それを制して、もみあげを長くした義勝兄さんが立ち上がって近くにくると、「一回だけだぞ、一回やったら帰るんだぞ。だったらいいだろ功《いさお》、なあ……」といい、中へ入れてくれる。わたしは義勝兄さんの傍《そば》に座った。見習いが「おう、来たか」というなり、さっさっ札《ふだ》を切ってみんなへ割り振る。中央にたたんだ濃緑の毛布へ札を合わせてつぎつぎ放り出す。しばらくして「はい！　猪鹿蝶！」「赤たん！」「青たん！」「月見一杯！」パチパチ札の音に威勢のいい声が飛び出す。わたしは何が何やら分からず戸惑ったまま。と、義勝兄さんが「俺が休むから今度は健一にさせなさい」と言う。で、させてもらったものの、後ろから、義勝兄さんがアドバイスしてくれて何とか終えることができた。

「そんなもんだよ。はい、これまで！」といって義勝兄さんが代わる。そのときだった。札を握る義勝兄さんの左手を見て、ドキリとする。

わたしは座っている間じゅう、花札の、一つ一つの図柄の妖しくきれいなくすんだ色合いに引き込まれながらも、義勝兄さんの小指が第一関節から切れて無いのが気になってしょうがなかった。家へ帰って寝床に入ってからも、天井を見つめたまま寝付かれずにいた。

わたしはその後も通い、終いにはのめり込んでいき、二学期の成績はクラスで中ごろまでに下がっていた。急激な変化に驚いた担任の教師から呼び出しを食らったものの、わたしは何も応えず、黙って俯《うつむ》いたままだった。

学校から帰ると、年の瀬の工場での忙しさが待っている。冬休みで手伝いをこなしていたある朝のことだった。

兄が父と話している。

「あっさ、昨夕《ゆうべ》、忘年会をやったんだが、散々さあ」

「どうして……」

「義勝《よしかつ》があんなだとは思わなかった。にぎり寿司を食わせ、みんなをミッキーというキャバレーに連れていったんだが。自分の気に入ったホステスが来ないということで、マスターにいちゃもんをつける。ところがお客でごったがえしているからどうにもならない。そのうち目つきの変わっていくアレが『親方《おやじ》は儲けすぎ！』とか喚《わめ》いて、テーブルをひっくり返したもんだから、ぼくやみんなの背広もウイスキーや水でびっしょ濡れ。おまけに追い出される羽目になったサ。まったく、この義勝は……」

「酒癖が悪いんだ。あんなのがいたらお前も苦労するなあ」

信じられないことだった。

昼飯を早く済《す》ませたわたしが、職人さんの忘れていったタバコを隠れて一本喫ったあと、工場に立ててあるバガス合板に、切り出しナイフを投げ立てていると、猫のように歩いてきて、ポーンと跳び上がって入った義勝兄さんがニタッと笑う。義勝兄さんは電動万能機の丸のこ刃を開口スパナで外し、グレンダーに替え、スイチを入れ、使い古した柄《つか》のあるヤスリを、火花を散らし研《と》いでいき、素早くナイフの形に仕上げると、わたしの背後からシュッと投げ、ピ〜ンと刺し立てた。

「ヤスリは鋼鉄《はがね》で出来ているから、こういうふうにも使えるんだよ」とナイフを抜きながら歩きつつ、振り返ると鋭い目つきでさっとナイフを投げる。

那覇では空手もいくらかやっていたと拳《こぶし》を握ってみせた。


しばらく経《た》って、兄が組合の人たちと、本土の家具生産地に研修旅行へ出かけた日のことだった。

ねっとりして、寝苦しい夜だった。庭の夕涼み台で両親たちがサイパンでの話をしながらクバの葉団扇《うちわ》をはたく音がしていたが、そのうち立ち上がって、家の中へ入って寝る。ときどき福木の実が落下して転がる音がする。近くの家から夜香花の放つ強烈な薫《かお》りが生暖かい風にはこばれてくる。野良犬が門の辺りをうろつく。

まんじりともせず、台湾語が混じってわんわん雑音のするラジオを聴いているうち眠りに落ちていった。

どれぐらい眠ったろうか。突然、「夜這いだよ!!《サグヤードオー》」との叫びと物音に反射的に飛び起きる。開けておいた戸の隙間から白いものがサツと過ぎ去る。部屋を出たわたしは門を抜け、前方を走る男を追いかけた。と、男は走りながら石垣からの石をわたしへ次々と放る。その石に躓《つまづ》いて転ぶ。わたしが立ち上がったとき、白い男はたちまち暗がりに消えていた。

義勝兄さんが、翌日サッパリした頭で来るので、話を聞いていると、昨日近くの床屋でやったと話しているのを聞きはっとする。夕べの夜這いは、そこに働いている男と体型がよく似ていた。


ここ数ヵ月、周りで様々なことが起きるのでわたしは妙な心持ちになっていた。

兄が話していた。

「此処《ここ》に来たときアレは家でしか飲んでいなかったが、最近は工場《こうば》の職人たちと酒場に出かけるようになって。だが、奥さんも奥さん。子どもが産まれていくらも経《た》たない。花札仲間がアレのところへ誘いに来ると、奥さんは機嫌悪くなる。ここまでは何処《どこ》の女もそうだが。あの女はまだ一歳の子どもを負《お》ぶってあちこちのスナックを探し回る。あるときとうとうアレが飲んでいる店を探し当てて入って来たものだから目つきが変わったアレが、『貴様ァ!』声を張り上げ、跳《と》んで、後ろから背中を足蹴りして転ばしたらしい。子どもは大丈夫だったらしいが。アレは、義勝は何がなっているかまったく分からん！　女も女さァ」

「そんなでは大変だなあ」

　こんなこともあった。

日曜日で、昼から町中をブラブラしたあと、映画を観ての帰り、家へと向かっていると、工場の戸が少し開いていたので、覗《のぞ》いたところ、義勝兄さんがいたので入る。仕事をしている。整理ダンスを作っていた。買うより自分で作ったほうが安くつくからだろう。わたしもちょっと手伝わされる。やがて、薄暗くなりかけていたころ、兄が入ってきた。会合があるのだろうか、髪にポマードをつけ七三に分けている。兄の視線をそらして言葉を交わしながら鉋《かんな》がけをしていた義勝兄さんだったが、俯《うつむ》いたまま「親爺《おやじ》は儲け過ぎだよ……」低声《こごえ》で愚痴《ぐち》るので、「あい、少しは儲けさせろよ！」苦笑いながら話したあと兄は出ていった。その後、わたしは那覇での話を聞かされたりしていた。

　十時ごろ帰って来た兄は機嫌が悪かった。

「義勝はならんさァ。工場の材料を勝手に使っている。一度だけは材料代を払ったがその後はタダみたいに知らんぷり。那覇から着の身着のままで家具など何一つ持って来なかったのか。飯台、卓袱台《ちゃぶだい》、ベッド、整理ダンスと、作る度にちょろめかすから困る……お前、アレのところへなんかあまり行くなよ！」と珍しくわたしへ向かって念を押すように強い口調で話し掛けていた。

　それからというもの、とうとう兄の口から義勝兄さんのいい話は聞かれなくなっていった。

やがて、義勝兄さんは「給料を上げてくれ！」と言うようになり、仕事を休みがちになる。

これまで仕事のやり方は義勝兄さんのアドバイスがあったことで、兄も助かってはいたが、それも一年近くなると他の同業者も、真似はじめていた。だから、義勝兄さん抜きの職人さんたちでも間に合うようになってはいる。でも義勝兄さんは「給料を上げろ」の一点張りだった。兄にしてもいっそのこと要求をのもうと考えたこともあったみたいだが、そのようにすればこれまでの職人さんたちの給料も上げなければならない。工場の支払いもある。そんなことで決めかねきれずに兄はイライラしていた。

こうしているうちに工場へ姿を見せなくなってしまう。

義勝《よしかつ》兄さんは、あの日話していた。

「健一、俺、中学まで成績良かったんだゾ。……俺の親父は教師でとても厳格な人でなあ。俺はいつも反発したんだ。そうしているうち不良仲間と遊ぶように……しまいには暴力団とも知り合いになって……戦果アギヤーとかいってた基地内の倉庫から物品を盗み出すこともやった。儲けを組員が多くとるから、逆らったら袋だたきに合ってなァ。仲間を集め仕返しを考えていると、お世話になった兄貴分が、「お前、そんなことをしてたら命がない」というので、指つめて、足を洗ったものの、ふたたび、あのころのチンピラ仲間と一緒になって張り合っているうち、暴力団とのいざこざがあって一人重傷を負わせ、刑務所に三年くらい入っていたことがあるんだ。そのときに木工の技術を憶えてたというわけさァ……」と調子づいて得意に語っていたのだった。

わたしはこのことを兄に話さず、わたしだけの胸の内にしまっていた。

そんなこともありはしたが、わたしは誰よりも義勝兄さんを身近に感じていた。

工場《こうば》から近かったから、兄の言いつけで伺ったりしていた。

数羽のスズメがいる庭に鉢植えのマッコウがある。

鉢はベニヤ板で型どってセメントを流し込み、上手に作ってある。マッコウはあの、余所の工場の見習いの郷里である離島の黒島から取り寄せさせた、と泡盛の臭いをぷんぷんさせ寝間着姿の義勝兄さんはさかんに自慢していた。これが様子を見に行くごとに増えていく。そのうち漁師《ウミンチュ》から枝振りのいいハマシタンさえ集めはじめていた。

その頃のことだった。

季節は冬が過ぎ、ようやく暖かくなりはじめていた。

いつものように手伝っているところへ、ダットサンを運転する知り合いの先輩が工場前に車を止め、わたしの名を呼んだあと車から降りてくる。

「健一、ぼくのところで新入社員を募集しているが、お前、働かないか?」と言うので、「いつからですか」と訊《き》く。

「早いほうがいいさ」

「なら、明日から行きます」返事すると、職人さんたちは驚き、兄は不満そうな表情をしていた。

就職休みで、まだ卒業式を終えてなかった。

学校の裏門ちかくのデイゴが蕾《つぼみ》を見せかけていた。

わたしが二つ返事で其処《そこ》の職場へ就職することにしたのには、わたしなりの考えがあったからだった。

わたしが就職した会社は、いろんな商品を扱っていた。待遇は個人経営の店より良かったものの、仕事の内容はというと、港の倉庫から荷受けをしてきたり、学校からのこまかい注文品などを届ける。車の免許を取得してなかったので自転車での配達がわたしの主な仕事だった。

わたしを誘った先輩宅は我が家から近かった。父の話すには向こうの両親もサイパン帰りということだった。先輩も元々はその会社で働いていたが、辞めて東京の電気学校で学び、就職していたところ、地元でテレビ放映が始まるということで、呼ばれて、新たにできた電気部のために再就職していたのだった。だからテレビ放映が間近に迫ると、先生方や職員の親戚筋からと注文とりで忙しくなる。なかでも炎天下に赤瓦屋根へアンテナを取り付ける作業は、上からと下からの熱で頭がくらくらして参る。滑稽だったのは円形だけのテストパターンが映りだすと、購入した家々を廻り、「テストパターンが映ってますよ!」と声を掛け自転車を走らせてた。みんなこの何の変化もないテストパターンを見つめながらやがて放映される日を楽しみにしていた。

そんな日が続いていて、義勝兄さんのところを伺うと、「大学へもいかんで、あんな所に働く奴がいるか！　あとで後悔しても知らんゾ。お前も俺と似た生き方をするかもなあ……」。怒鳴られはしたものの、わたしの鞄《かばん》からはみ出た電化製品カタログに、「だあ、見せてごらん」という。カタログを開いて見ていたが、炊事場で俯《うつむ》いたままの奥さんに向かって、「せっかく健一が来ているから買ってやろうじゃないか！」と言い放ち、テレビと冷蔵庫を注文する。一度に二つの家電を届ける。一緒に運んだ先輩から「大丈夫だろうなあ。代金をすべて回収してからほんとに売ったといえるんだぞ」と言われてしまった。

先輩の予感は当たっていた。わたしが行くと支払いの話はそっちのけ。「市会議員の選挙だが登野城七町内で精肉店《ワーサー》を営《や》っているカズオに入れようと考えている。健一、お前も選挙権があればいいのに……」と熱心に語りかけていた。兄に遠回しに訊《き》くと「もう、三カ月も工場に来てない！金はどうしているのか。妻は色黒《イルクルー》で容姿《カーギ》もないからバーのホステスも勤まらないはずなのに」という言葉に、いくらか不安が掠めるのだった。

義勝兄さんの推《お》したカズオは最下位から二番目で当選する。そのときの義勝兄さんの喜びようたらなかった。職人さんたちや当選者を家へ招き、連日酒盛りをしていた。

兄は、「アレは選挙ブローカーをしているかもなあ。あんなじゃあ、もう駄目だなあ……」と漏らしていた。
二、三ヵ月働いて、旅費が出来しだい決行しようとしていたわたしの本土行きは日々の出来事に振り回され、果たせず、ずるずるその職場にいたのだった。
そんなことがあって、五、六年いる功《いさお》という職人さんのところが、茅葺《かやぶ》きから赤瓦の家を建て始めていた。わたしたちは同じ村である大川の上の集落に居を構えていたが、父の叔母《おば》の住んでいた家がそこに近かったこともあって、功さんの父親とは親しくしていたから、棟上げに職人全員を休ませ、加勢《かせい》にいく。そのとき、兄は迷ったものの義勝兄さんも呼んだ。わたしは来ないだろうと決めてかかっていたが、義勝兄さんは現れた。みんな六時頃まで汗だくになって働く。それから慰労の席が設けられ、酒を振る舞われる。わたしは約束があったので先に帰らせてもらった。上半身がっちりとした石工《いしく》で温和な人柄のおじさんは、「健一、君まで来てくれてありがとう」と礼を述べていた。

家に帰って井戸端で慌ただしく行水したあと、急いだが約束の時間に遅れること三十分。マスターの言うには、相手は今し方帰ったとのことだった。わたしは独り、ジャズを聴きながら珈琲《コーヒー》を啜《すす》り、タバコを吹かしていたが店を出ると、足は独りでに功さんのところへと向かっていた。というのも昨日《きのう》の会議で店長から、先輩とわたしは代金回収の件で、こっぴどく油を絞られていた。先輩からも「健一、お前の売ったものちゃんと回収してくれよ」と強く念を押されたのだった。それを今日、話そうとしたものの、なかなかタイミングがつかめなかったこともあったからだった。

白熱灯を点《とも》した功《いさお》さんの庭で七、八名の男たちが声だかに話している。職人さんたちはいったん帰ると、どうなるか分からないからということで、昼間の姿のままで飲んでいる。始まって間もないようだった。わたしは錆びた五寸釘《ごすんくぎ》が抜きでた角材の散在する黒木ちかくに席をとる。功さんから聞かされたのか、「ハイハイ、義勝さんは天ぷらが好物だというからたくさん食べてよぉ」といい、転がる瓶《びん》を足で払い、仮小屋から揚《あ》げ立てを運んでくる。功さんのお父さんの挨拶がすんだあと、兄が乾杯の音頭を喋っている最中だった。何やら拾い上げ、まげたり、のばしたりしている義勝兄さんが「ヘッ、何が親方《おやじ》か、給料も上げないでこき使いやがって。俺がいたから今の工場《こうば》が在《あ》るんじゃないか。乾杯だとぉ、誰がする。笑わせるな。こんな親方《おやじ》がどこにいる……」それほど酔ってもいないはずなのに乱れている。頭にきた兄が、「あがや、やっぱりお前は呼ぶべきではなかったな。お前は選挙ブローカーでもしておれ!」言い放つやいなや、さっと兄の後ろへ廻った義勝兄さんが、持っていたほそい紐状の光るものをすばやく兄の首に回して締め上げる。兄は気味悪い鳥の喉笛《のどぶえ》を吐く。驚いた功《いさお》さんのお父さんが、義勝兄さんの首を太い腕で締め上げ「ハリガネの手をゆるめないと、お前も死ぬぞ!」さらに強く締めるので、義勝兄さんが手をゆるめた隙に功さんがハリガネをぬきとる。二人とも地面に手を付いたままぐぇぐぇする。「見損なったぜ!! 義勝兄さん!!」わたしは叫んだ。と、ギョロリとした上目遣いでわたしを睨《にら》んだ一瞬、立ち上がり、バンと跳んで、胸に蹴りを入れる。数メートル飛ばされる。ひっくり返ったところに角材がある。掴《つか》むと振り回す。義勝兄さんが悲鳴を上げる。脛《すね》の角棒のまま転がる。義勝兄さんをみんなで取り押さえ、縛り上げる。わたしを睨《にら》んだままの義勝兄さんは「ふん。お前のテレビ冷蔵庫代と思えばいい」。吐き捨てるように言う。

このまま帰せば、何されるか分からないということで、功さんのお母さんが交番まで駆けつけていた。同行した警察官に手錠をかけられ、屋根付き車の後ろに放り込まれる。功さんのお父さんやお母さんは頭を下げっぱなしだった。こんな状態では飲み直すという訳にもいかず、みんなちりぢりになる。

翌日、兄は両親の前で、「ぼくは功《いさお》のお父さんと健一がいなかったら死んでいたよ」。掠《かす》れた声で話しながら、青黒くなった首のハリガネ痕《あと》をさすっていた。

義勝兄さんとはそれっきりだったが数年前に、大工となっているわたしより後輩の、あの見習いだった男とそば屋で会ったとき、本島の基地の街で夫婦仲良く精肉店《ワーサー》を営んでいるとの話を耳にした。

わたしは週に何度か真栄里から歩いて仕事場へ向かう。マックスバリュー付近に住んでいるからビッチンヤマ御嶽《オン》の十八番街ちかくまで三キロくらいはあるだろうか。今日から六月に入ったもののとにかく暑い。木陰で休んでタバコを喫っては立ち上がる。

渡嘉敷修理工場から西へと歩く。三つくらい十字路を越え、仲間内科クリニック。さよこのサーターアンダギー、崎山里秀商店だったところの信号機を西へと渡る。宮良殿内《ドゥヌズ》の西隣、博愛医院の駐車場で足を止める。殿内から大きなサガリバナの大きな枝が。駐車場の木陰になってはいるものの、普段だと他人の土地にこれほど枝が垂れているならそこの主から切ってくれと喧《やかま》しく言われる。

ところがサガリバナの木だ。

特別扱いされている。

サガリバナは最近、特に人気の出てきた花ではないだろうか。夜咲く花で月下美人とおなじく薄命で。サガリバナは柄《え》から五十センチくらいに蕾《つぼみ》が上から順に三日間ぐらいかけて咲き落ちる。

この植物、常緑高木で湿地を好み、思ったより成長する。

昔は屋敷の広い家では井戸端ちかくに植えられていたものの、七十年代、八十年代と住宅ブームが押し寄せるとたちまち姿を消していった。

わたしが二十歳過ぎまで大川に住んでいたころ、向かいの粟盛宅、爺さんの代で、一年間を通して、普通に見ていたことから何ら珍しいものではなかった。

夜が明けるとサガリバナが花弁を上に向け水面に浮かんでいた。木にはときおりアカショウビンが止まったりしていた。

五十三年前のことになるか。県花を決めるさいに、アカバナー（仏桑花）と競り合って栄冠を勝ちとったデイゴがあるが、仏桑花は一九五九年、デイゴは一九六二年にどちらも琉球切手の仲間入りを果たしている。

時代背景もあるだろう。

これには我が郷土の宮良長包の作曲した『南国の花』の歌詞〈南うるまの　常夏《とこなつ》の　花の色どりいとしるし　真紅に燃ゆるデイゴの花　真白にさゆるユリの花　赤きな誠実《まこと》の心にて　白きは温和《なごみ》の心にて〉も一役買っていたものと思われる。当時は冴えわたる沖縄の青空に映えるデイゴが主流だった。

夜咲くサガリバナは候補にさえ上がらなかったに違いない。

ちなみに切手になったのには、ゆうな、いじゅ、てぃんさぐ、はまおもと、さんにん、月下美人、サンダンカ、オオゴチョウなどの花々がある。

数週間前の、ＮＨＫ「沖縄の歌と踊り」で、玉城朝薫《たまぐすくちょうくん》（１６８４〜１７３５年）の「二童敵討《にどうていちうち》」「執心鐘入《しゅうしんかにいり》」「銘苅子《みかるしー》」「女物狂《おんなものぐるい》」「孝行《こうこう》の巻《まち》」五組とは違い、新作の組踊《くみうおどい》にも取り上げていたくらいだから、琉球王朝の昔から好まれていた花であることに間違いない。

まあ、平久保へ行けば、米盛三千弘さんという奇特な方がいて、個人でその木を増やしていて、時間をかけて目を楽しませて来る人たちもいる。

一メートルくらいの苗木でも植樹をすれば六年では蕾をつけるのではないか。そんなことから狭い屋敷でも植える方が多くなってきているものの、子どもの代ではだいたい伐《き》られる運命にある。これは、公園などに植える方がいい。相応《ふさわ》しい水の豊富なバンナ公園などもあるのだから。サガリバナは地元でも人気があったのだろう。それが証拠に豊年祭の旗頭《カシラー》の原本にズルカキとして図が載《の》っている。

この、サガリバナ、サガリバナは夏の宵、蠍《さそり》座が姿を現すころから淡紅色の花弁をひらく。たまに二つ三つの場合も。それも、若木であれば穂状《すいじょう》に八十くらいの蕾をもつが、実になるのはだいたい一つ。シュル（グァバァ）の実が形を整えるまえの付け根がほそく丸く、かなり無粋。花が二、三日で咲き終わるので蛾《が》の重たい体だと受粉活動が間に合わないのかも知れない。またこれくらい大きな実であるなら河岸《かわぎし》の湿地や渓谷《けいこく》に落ちたとしても芽を出してくれるはずだ。

それにしてもこの実が〝魚毒〟に用いられるとは知らなかった。

だから妖艶な花としてこれまで以上に魅力的に映るようになる。

こんなにも慕われているサガリバナだが、人々が人工の明かりで見はじめたのは戦後のことである。

それ以前は、月明かりの、星さえ見えない煌々《こうこう》とした満月の青い光りに濡れて、膨らみきった球形の蕾を割り、ほのかな香りを放ち、開きはじめる淡紅色のサガリバナはわたしたちが思っているより愛《め》でられていたに違いない。

底知れぬ、蠱惑《こわく》と甘美な陶酔をもたらす月夜のサガリバナは時の経《た》つのを忘れ幻想の世界で見るのが良いだろうと考える。

今日に限って仕事場を出ようとした帰り際に、友人から長電話があったためか、九時を回っている。これまで六時に切り上げ、歩いて七分、いつもの居酒屋へたどり着く。従業員の女の訛《こ》りのある沖縄口《ウチナーグチ》が懐かしくて会話を交わしたりする。

これは小学生のころの、おばさんのことと無関係ではない。

腕をきつくつねった糸満出身の彼女と会話をしていると、今ではわたしのところの仏壇に収まっているおばさんと楽しく話し合っている感じがしてくる。

こんなこともあって二時間ぐらい飲んで帰るというういつものパターンだった。

こういえば何やら真面目で規則正しく聞こえもするが、これまでこれくらいがわたしにはちょうど適量であった。

ところが数ヵ月まえの五月のことになる。緑内障治療のため那覇の病院で診察したついでに、妻が「肝臓の検査も受けてみない？」と用心深く話し掛ける。面倒だったが妻の顔を見たわたしは同意した。翌日、医者の言うことには「かなり悪いですなぁ。太く短く生きるか、細くながく生きるかです。どうします？」検査による数値を示して話すので、その場で「止めます」と応えた。

少量でも毎日飲むのがいけないのだと医者は言っていた。

わたしは帰りの機内でどうすればいいのか、ずっと思案していた。

で、翌日から特別に瓶《びん》のノンアルコールをメニューに入れてもらい、これまでどおり通うようにしたのだった。変わったことといえば、会話に覇気が無くなり、おかしなくらい聞き上手になったことだ。すると、これまでのどんな話し相手も饒舌《じょうぜつ》になった。切り上げる時間もかなり遅れて十時過ぎとなる。これで健康でながく生きられればいいことなのか、今のところまだ分からない。

これまでいろんな人との関わりがあった。

もう一人いた。

この人との関わりは、これまでの義勝兄さんのことから六年前の、わたしが小学四年のときからで、そのあと義勝兄さんとの別れがあって二年くらいした日のこととなる。

あのころ、皇太子の婚儀があって町は何やら違った雰囲気が漂っていた。

小学四年生のことの、一つ一つが鮮やかに甦《よみがえ》ってくる。

大川の家から数歩いった雑貨店の縦通りには排水が海まで流れていけばいいという簡単な、片側だけの、圧砕した側溝があった。わたしは夕方、見慣れぬカンプーを結《ゆ》った琉装姿のおばさんと母の三人で、沖縄芝居《ウチナーシバイ》を観に行くことになった。興奮したわたしはたびたび側溝に小用を足す。だんだん芝居小屋に近づいてくるとさらに緊張して余所《よそ》の家の門にも小便をした。

そんなことがあってひと月ほどして、桃林寺西から南へ下りたところ海ちかくの、赤瓦の小さな家へ養子にやらされる。大きな仏壇が目立った。おばさんの話だと、家族や親戚のものが戦争で死んだので、位牌をみてくれる人がどうしても必要なのだと言う。両親とはサイパンでの知り合いだった。おばさんはわたしに小遣いを与えたりして、これまでより贅沢《ぜいたく》させてくれたが、近所はみな漁師《ウミンチュ》で、沖縄口《ウチナーグチ》だったので何を話しているのかさっぱり分からなかった。違和感のある生活で、とても馴染めるものではなかった。日がな独り護岸で夜風に吹かれながら星を見たり、離島の島々を眺めたりしていた。長兄が結婚したのを風のたよりで知らされる。しかし、一度も家へは行かなかった。もっとも夕方、家の近くまで行ったことは数え切れなかった。昼間だと友だちに会うのが嫌だった。

おばさんはいっこうに馴染《なじ》んでくれないわたしを扱いかねて、両親へ相談を持ちかけたりしている様子ではあったが、しまいにはわたしを家へ帰すことにしたのだった。

三年が経《た》ち、わたしは中学一年生になっていた。

挽物《ひきもの》をやっていた工場跡で、見習い修行を終えた兄が独立して木工所を営むようになっていたが、わたしは以前からギリギリ屋《ヤー》と呼ばれていた挽物づくりを眺めるのが好きでここをよく訪れていた。木が削《けず》られくるくるとんでいくのを飽きずに見ていた。養子にいった家からもときおり見に来ていた。おじさんが休んでいるときは近くの民家まで会いに行ったりもした。そのとき、おじさんの手ほどきで赤い独楽《こま》を作っている手先の器用な少年がいた。

ときたま、この少年の家へも伺ったこともあったが、養子先から実家に戻って、兄の工場《こうば》が移転してからというものは会うこともなく、その後は兄の工場を手伝う毎日だったから少年のことは忘れていた。


義勝兄さんとのことがあって二年くらいで、父が亡くなっていたから、わたしは二十一歳になっていた。

酒の座でのことだった。

「あっさ、健一、桃林寺近くに、餌木《えぎ》をつくるのが上手なのがいて。あれのものだと烏賊《いか》が面白いくらいかかるよ」と話すので、わたしは何やら心に引っかかるものを感じていた。

「今度、暇《ひま》なときに連れてってくれないか」

「君が言うなら明日にでも、そうするサ」

翌日は当直明けの日曜日だった。

会社にいると、電話のあと、十時ごろ車で迎えに来たので同乗する。どうせすぐ着くからと、まだ完全にうまってはいないまばらな繁華街の建物をみながら埋立地の道路を走らせたあと、寺の西側の坂道手前で車を止めて歩く。

両側の高い石垣が道を狭く感じさせる。道路脇の苔むした福木が高く伸びて木陰をつくっている。東角から三軒目だった。一度そこへ来たことがあるような懐かしい妙な感じがした。赤瓦の古ぼけた家の門を入るので後からついた。雨戸が閉まっていたが、大声で名を呼びながら戸を引く。中を覗《のぞ》いていたが、わたしを見ると首を振った。

「ときどき入っているから、良《い》いだろう」と部屋へ入るので従った。

わたしへ指さす。照りつけていた外からの目には慣れるまで、しばらくかかる。やがて壁に掛かった物に目を見張った。六畳部屋の壁一面に整然と餌木《えぎ》が掛けられてある。それも一つ一つ材質の違うもので作られていて、デザインや色合いも沈んだ色調のもので、どれ一つをとってもさながら名人芸を思わせる数々だった。わたしたちはしばらく待ってはいたものの、やがて新しくできたボーリング場へと向かった。

数日間わたしはその見事な餌木のことが頭から離れなかった。配達帰りに、車を止め、そこいらの表や裏通りを歩いたりもした。そこいら一帯、濃緑のピパーズが石垣のいたるところに這い、ところどころに記憶を点《とも》すように赤い実があるのは昔と変わらない風景だった。その一つ一つを見る度に、あの四年生のころの独楽《こま》づくりの少年のことが浮かび上がってくるのだった。わたしと同い年だと言っていたが校区が違うので関わりはなかった。歩いていて分かったことは現在のところは移っていて、もともと南側の、いくらか落ち込んだ屋敷の家であった。

意を決して平日の夕方、伺ってみることとした。

わたしは挨拶をして門を入った。

胡座《あぐら》をかいた男が縁側で小さな木を削《けず》っている。わたしが前へ立っても、見上げることもない。組んだ太腿に掛けたぼろ切れの上で左手を小刻みに動かしては右手のナイフでさかんに削ってい る。一区切り付いたのか。ナイフと木ぎれを床に置いてわたしを見上げる。やはりあの日の少年だった。右頬のホクロに覚えがあった。十年余り経《た》っている。わたしが名乗ろうとしたとき、「健一だろ」ぼそっと言い放つ。たじろぐ。少年の名を忘れていたからだ。すると、「紀久男だよ」自分から名乗ったので、赤面したわたしはしばらく言葉がなかった。

「そう言えば、君のお父さんどうしてる?」

「二年前に死んじゃったよ……」

「そう……」

彼の父親のことを聞いたのにはこんなことがあった。

彼の父親が箒《ほうき》を作っていたので、春休みだったか、一、二度わたしも山に連れて行ってもらったことがあった。足手まといだったはずなのを誘ったのはわたしを不憫《ふびん》に思ってのことかも知れなかった。

裏地区部落の空き家に寝泊まりして、山へ入ると、竹を切ったり、マーニ（クロツグ）の根元の黒い繊維を採集したりした。そのとき、派出所の警察官も見て見ぬ振りをしていた那覇からの流れ者がいた。わたしたちが空き家で箒の先にする細竹を揃えていると、昼間から酔っ払った男がたびたびやって来た。初めのうち怖かったものの彼の父親が「あんな半端もん。にらみ返せ！」というから、その次やって来たとき、わたしと紀久男は、仕事の手を休め、言われたとおりに、黙ったまま瞬《まばた》きひとつせず、睨《にら》みつけた。と、男は「お前たち、ハブの眼してるなあ」というと、パーンと跳び上がり、梁《はり》にぶら下がって回転して飛び降り、目にもとまらぬ早さで中柱をバシッと蹴《け》りつけ、身を引くと、仁王像のごとく右手の拳《こぶし》をねじ回すように打ち付けた。

たちまち家が震えるようにぐらぐらっとした。

酒臭い荒い息を吐くと、ギョロ目男は何もなかったように猫みたいにそろりそろり草履《ぞうり》を引きずりながら出ていった。夕方、彼の父親に話すと笑っていた。男は身を隠しているようで籠《こ》もりっきりだったが、ときおり家から出てきた。紀久男から父親が空手をやると聞いてはいたが、とうとう見ずじまいだった。

どうしたことか、男はわたしたちが村を引き上げるときにはもう見かけなくなっていた。

その頃のわたしは満たされない日々が続き、これが不満となってか、毎日のように酒場で飲む。それに併《あわ》せて兄嫁とは反りが合わず、家にいるのが嫌でしょうがなかった。家が落ち着ける場所ではなくなっていた。これまでは町を徘徊していた。会社で働くようになってからは自分の当直のときはもちろんのこと、他の職員のときも寝泊まりをする。まるで自分の部屋を得たような感じがしないでもなかった。だから家にいるのは食事をするときだけ。一年三六五日のうち三〇〇日は会社の宿直部屋で過ごしていた。

其処《そこ》ではだいたい独りや二人だったから、友だちなどが遊びに廻ってくる。そのうち一人二人増えて酒盛りとなる。

こんな日が続いていた日々のことになる。

とおい日の独楽《こま》作りの少年が、餌木《えぎ》づくりの紀久男となって、わたしと関わるようになった……。

紀久男のお父さんと山に行ったとき、家に女っ気が無かったのを思い出し、聞いてみたことがあった。と、いわゆる戦争マラリアの犠牲者であるのが分かった。白水《しらみず》へ強制避難をさせられたときマラリアに罹患《りかん》し、戦争が終わって帰宅してから亡くなったという。父や母から聞かされたサイパンでの戦争とはまるで違っていた。弾で命を落とすのではなくマラリアの病原菌が原因ということだった。それらのことが直接影響しているかどうかは分からないが、とにかく紀久男には性格的に人とは違い、何かが欠けているように思えるふしがうかがえた。そんなこともあって、わたしが彼の家へ出向いて酒を飲むということが多かった。

紀久男は確かに変わったところがあった。

土曜日の夜のことだった。

紀久男の捕ってきた猪《ウムザ》を井戸端で解体し終えると、その肉でチャンプルーをして酒の肴《さかな》にする。独り暮らしの紀久男はそういう簡単な料理が上手かった。三線《サンシン》はそれほどではなかったものの、仏壇の下から取り出して弾いていた。あるていど広い家屋敷だったから、近所からの苦情はない。紀久男の唄三線《ウタサンシン》で飲むのも悪くなかった。いつものように酔いが回ると、珍しく紀久男が「健一、あした浜辺で身体《からだ》を焼かないか？」と提案する。わたしはそういうことには関心の無い性格《たち》なので紀久男を見つめ黙ったままだった。わたしが断らなかったので紀久男は決定する。車や必要なものは大工仲間から借りてくると話す。紀久男は日頃から冷蔵庫に余るほど蓄えた猪《ウムザ》の肉で自分なりに外交をしていた。

そばを食べたあと裏地区の、吉原の浜に向かう。着くと、さっそく赤いビーチパラソルを立てて、両脇に白いデッキチェアを置く。紀久男は視線を送ったあと服を脱ぐと、下着一つで横たわった。わたしも真似る。ラジオのスイッチをひねると、それこそ夏に相応しいミュージックがあふれるように流れだす。紀久男がアイスボックスから缶ビールを取り出し、一つ投げる。受け取ってプルタブを引き、喉を鳴らし一気に飲む。お互い、コマーシャルみたいに「あぁぁーうまい！」という表情を見せ合った。そのあと紀久男は海まで走って飛び込み、ひと泳ぎした後、帰って来ると素っ裸になって横たわった。面白そうだったのでわたしも下着をとる。わたしたちは顔を見合わせると産まれた姿のまま裸足で浜辺を駆けた。小陰になったアダンの茂る突き出た岩場にたどり着くと、今度はわざとスローモーションみたいに走り出す。中学生の女の子が母親と一緒に潮干狩りをしている。母親は俯《うつむ》いていたが、熊手を手にした女の子は突っ立ったままじっと見ていた。

わたしたちは雲ひとつない青空の下、磯の香りを存分に嗅ぎ、オカヤドカリの這いずる音を聴きながら寝入ったあと、しばらくして帰路についた。

数カ月あとに紀久男の家へ行くと、西の井戸端近く、金槌《かなづち》でまるい物を盛んに打ち付けているので、わたしは無造作《むぞうさ》に積まれた空き瓶《びん》の戸袋ちかく、福木の影の伸びる縁側に腰を下ろし、爺さんの代から庭にあるという、見事な枝振りの黒木を眺めながらタバコを喫っていた。しばらくすると紀久男はプラスチック容器に入った白い粉末を庭の黒木やクロトンの根元にパッパッと撒《ま》きはじめる。

「海からの石か、カルシュウムは植物にいいらしいなあ」

「そうか……」

頷《うなず》くような仕草をしながら紀久男はふたたび井戸端へ向かう。

わたしは根元に近づき、屈《かが》んで粉末を指の腹ですり合わせているうち、あれっとする。砕かれてない硬めの小さなものが幾つかある。拾い上げてみると何やら動物のものと思われる歯だ。運んでくる紀久男にこれは何のものか訊《き》いた。

「猪《ウムザ》だなあ」と笑いながら応えるので、もう一度確かめてみる。そうであっても他はいくらか違う感じもするので、井戸端へ行って背後から覗《のぞ》いて、驚愕した。紀久男は黙ったままひたすら打ち続ける。その前方に幾つか歯の付いた髑髏《されこうべ》が積まれてある。わたしが声を荒げると、振り向いた紀久男は白水《しらみず》ちかくの壕《ごう》から、遺留品からして日本兵のものと思われるものをときどき拾って来て打ち砕くのだと話す。わたしはしばらく黙ったままだったが、やがて手を打ち鳴らし、紀久男を褒め称えると、黒木の近くまで行き、根元へ向かって小便を放つ。すると、紀久男もニッして肩を並べ、二人そろって連れションをしつつ豪快に笑い飛ばした。

井戸の傍ではサガリバナが風にゆれ溜め池に落下した花がふるえるようにただよっていた。

台風の翌々日《よくよくじつ》のことだった。

紀久男が雑炊《ぞうすい》をかき込んでいる。旨《うま》そうな表情をしているので、どれどれということで、わたしも食することに。確かにうまい。鶏肉なのに少し違う。こんな味は経験ない。一度に二日分つくるのでたくさん有るから、もっと食べろ、お椀を早く空けて寄こせ、という催促するので遠慮無くたらふく食べさせてもらった。わたしが仏壇近くの柱に凭《もた》れてタバコを喫っていると、紀久男が話し始めた。

台風の翌朝、一番で、バンナー岳やペンサンガーラの周辺を歩くのだという。すると野鳥の雛《ひな》が巣から落ちているからそれをたくさん拾ってきて、初めは大きな鍋に野菜といっしょに一度で汁にする。いろんな種類の雛だからそれこそ微妙な味になる。これはお父さんが教えてくれたのだと、いつになく陽気な調子で自慢げに喋っていた。

わたしは何と応えていいのか分からず、数個のサガリバナを両手に浮かせるように乗せてきて、卓袱台にころがすと、たくさんの皮針状からなる花弁を紀久男の鼻の周りや口許をふんわりかるくなぞる。代わり番こにやる。サガリバナのほのかな甘いにおいとくすぐったさに我慢できず、いつもはむっつりの紀久男が顔を歪《ゆが》め涙をぽろぽろ落としていた。

わたしはしばらく美味しかった雑炊のことを話題にした。紀久男は頷《うなず》きながらも「台風が来ないとなあ。それも、鳥だっていつも巣作りをする訳でもないから……」と浮かない顔つきをしていたが、突然閃《ひらめ》いた表情に変わった。

一週間後のことだった。

飯台に籠《かご》に盛られた卵が八個くらいある。

「おっ、大きなものだなあ。アヒルか?」

「そうだが……」

「アヒルなんてひさしぶりだなあ。ぼくが小学生のころ近所に子だくさんの家があって、遠足の弁当の卵焼きはアヒルだった。それも小麦粉を溶《と》いたものに混ぜてのうす黄色いもの。珍しいので一口食べさせてもらったことがあった。鶏の卵焼きには敵《かな》わなかったが、結構美味しいものだったゾ」

「そんなことがあったか……」

役人だった紀久男の曾爺《ひいじい》さんが首里上がりのとき、台風に遇《あ》い、安南《あんなん》という今のベトナムに漂着。二年ちかくあちらでお世話になっていたとき、珍しいものを見たということで、石垣に帰って来てからも機会あるごとにつくって家族にだけ食べさせていたらしい。

「名前はビト何とかと言っていたが忘れた」と話ながら殻《から》の頂《さき》を割り、塩とぴぱーずの胡椒《こしょう》を振ると、スプーンでかき出して食べる。半熟の卵と思い、割ってスプーンですくい上げ、口に入れようとして、思わずスプーンと卵を落としてしまった。どろどろした中に雛《ひな》がいるので度肝を抜かれる。わたしを見た紀久男は「見かけはグロテスクでも思い切って食べているうちに病みつきになる」と言いながら食べる。殻つきのままセイロで蒸《む》すのだという。また好みの食べごろがあって、孵化《ふか》何日前のものと指定して食べるのがもっといいと話す。畳の上にどろりとこぼれた雛《ひな》をしげしげ見つめると、孵化三日前くらいなのか、羽根も蹴爪《けづめ》も生えそろっていて、半眼を閉じた顔が恨めしげにわたしを見ているそんな気がした。

曾爺さんには悪いが、こればかりはどうも食べる気がしないので、わたしの分も紀久男に食べてもらった。

二、三日後、わたしが彼の家へ行ったとき、最近まで飲み友だちだったという定時制高校卒業の大工が警察官に採用され那覇へ発《た》つことになって訪れていたときのことだった。彼は男の手を握ってさめざめと泣いては大粒の涙を落としていた。それから一年ほどして制服を着たその男が来ると、今度はホルダーからの拳銃を奇異に感じるくらい、さすったり握りしめたりしていつまでも戻すことなく、ときおり男に向けると殺気だった顔で狙い撃ちをやるので、男は妙な面持ちで眺めていたことがあった。一人暮らしだった彼だが女がいると間違えられるくらい部屋中を小ぎれいにしていた。

これまで一週間に二度くらいは彼の家で飲んでいただろうか。

わたしの職場は、六月の棚卸《たなおろし》監査のときは、忙しくなるので三週間くらい彼の家に寄れないことがつづいた。二階から見ると、酒の臭いのする彼が、夕方、店の角で何をやるともなく、落ち着きなく店内を覗《のぞ》いたりして何時間も突っ立っているので驚かされた。

決算が終わって彼の家を伺うと大袈裟ともいえるくらいの喜びようだった。

あれは、彼のお父さんの命日のときだった。お父さんが使っていた道具だといって仏壇に供えるように並べ立てていた。そのなかでは刃先が鈍《にぶ》く光っていた山刀《やまがたな》が際だっていた。こんな愛情表現もあることを初めて知ったのだった。わたしは彼の料理の、猪の血イリチー《ウムザ》(炒め煮)を口にしつつ、ときおり西郷どんから作り方を習ったのだと話していた壁の餌木《えぎ》や山刀を眺めては飲んでいた。わたしが中学一年生ごろだから、十数年前のことになる。列王《れつおう》と名乗る興行師が映画館で見世物をしていたことがあった。ビール瓶を割ったものの上を素足であるく。鉄の細棒を腕から突き通す。女性の腹に乗せたキャベツを日本刀でバサッと断ち切る。また天ぷらを揚げながら、これを鍋《なべ》から素手で掴んで見物人へ投げ与える、といった内容のものだったがわたしは見てなかった。ときどき通う琉米文化会館でインテリの方たちが「あの、列王という名は戦前に大和《ヤマトゥ》で活躍していた松旭斎列王という興行師からとった名前かも知れないなあ」などと話していたのを聞いたことがあった。

その後も伝説化している列王のことをいろいろ聞く。

「尋常小学校のころから、樹の上や井戸の縁《へり》で逆立ちをしたりしてみんなを驚かせる。とにかくカラバッサン(すばしっこい)。若いときは空手をやってて、喧嘩となるとあちこちパンパン飛び跳ね、相手をバタバタ倒していてなあ。どこかの飲み屋で会ったときは美人を二人連れている。列王が、ぼくが飲んだビール代を払うという。けど、妾《めかけ》が金を握っているようで本妻は黙っている。自分で払うからと言っても列王は聞かない。『お前、夜はどうしているかぁ』と訊《き》くと、『今日はこれ、明日はあれ』と指さして話す。ぼくが『お前は人の道に外れたことをやるなぁ』と言うと笑っていてね」と、わたしの知らない若かったころの列王のことを、元警察官が酒場で話しているのを聞いたことがあった。

これくらい一世を風靡《ふうび》した人だった。

或《あ》る年配の人が、確かあの紀久男という大工の父親だはずだよ、と話していたことがあったが、わたしはおかしいと考え、信じなかった。そのうち、白水《しらみず》で亡くなった母と列王が実の両親で、箒《ほうき》を作っていた方は親戚の方で育ての親だという複雑な家庭環境であったことを知らされた。

そのころになってもわたしの満たされないものは依然と続いていて、いつも胸がわさわさしていたものの、少しばかりの変化が訪れていた。

文学を志す友だちとの出会いだった。これは決定的だったといっていい。文芸書をあれこれ読んで語り合うといったことが、なにやらわたしを違ったところへと導いているように思えるのだった。そんなときでも、ときおり、思い出すように紀久男のところへ出向いたものの、曲がり角に来ると、何故《なぜ》かためらわれるのだった。

月明かりのなか、狂おしいばかりのピパーズの葉笛が夜風にのって聴こえてきたりした。

やがてわたしは文章を書き、表現する喜び、創造する喜びを覚え、仲間と同人誌を出したりしているうち二年が瞬く間に過ぎ去り、紀久男のことを忘れかけていた。

ねぐらを求めおびただしいスズメの群れがけたたましく啼《な》きながらこんもりとした福木から福木へとぬっていき、豊年祭の太鼓や鉦《ションク》の音が遠くから風に乗って聴こえていた日曜日の夜の、わたしの当直日だった。二階のドアをノックする音がする。それもいつもと違って微かで間をおいたものだった。ドアを開けたが誰もいないので、そのままにして、部屋に入り、テレビを見ながら、近くの市場から買ってきたイラブチャー（なんようぶだい）の刺身をつまんでいた。と、蛇口のある半窓から泣き声を聞いた気がした。だが、階下の店の表通りからだろうと気にとめなかった。半分ちかくに減った一升ビンからの泡盛を急須《きゅうす》からの水で割り、冷蔵庫の側面に凭《もた》れながら、髪の長い懐かしいグループサウンズのメンバーが唄うのを見ていて人の気配がするので、振り向くと、作業服の紀久男が突っ立っている。酒の臭いがきつい。突然のことで驚きつつも、「あい、久し振りだなあ。どうした？」と声を掛けると、赤い目に涙を溜《た》めた凄まじい形相《ぎょうそう》の紀久男が、悲痛と絶望のこもった声を発するやいなやガサッと音を立て山刀《やまがたな》を抜くと、力の限り振り回す。わたしは反射的に、首を引っ込める。ふるえる鈍い音を立てた山刀が髪を掠《かす》め冷蔵庫の角に食い込む。冷蔵庫に足を掛けた紀久男が頭髪の絡まった山刀を懸命に引き抜こうとする。体勢を立て直したわたしは、右の逆手で掴んだ一升瓶に左手を添えると、紀久男の脳天めがけて打ち付けた。瓶《びん》が紀久男の頭で音を立て炸裂する。紀久男はロッカー近くにひっくり返る。泡盛の臭いが鼻腔《びこう》へどっと押し寄せる。一瞬気を失っていた紀久男だが、ムクッと起き上がり、酒で濡れた頭を振ったあと、たちまち逃げ去っていった。

わたしは間一髪で首を切断されるところだった。

そんなことがあってからというもの、紀久男はずっと部屋に籠もりっきりの状態だということだった。

酒浸りになっているとも聞かされた。

わたしたちはそれっきりで会うことはなかった。

心残りがあるとすれば紀久男からもらった唐辛子《クース》の木で作ったという餌木《えぎ》で烏賊釣《いかつ》りに行く機会を逸してしまったことだった……もともと食い詰めて石垣島に渡ってきた鹿児島の人たちが始めた風流な遊びだった。まだ埋立が行われないとき、満月の夜になると、屋形舟で護岸に平行して観音堂の辺りまで行っては戻ってくる烏賊釣りを楽しんでいたという。

くり返し紀久男のことを思い出す。

紀久男の話していたのに、挽物《ひきもの》のおじさんが、お前は手先が器用だからいつか自分が君の兄貴の木工所へ紹介してあげようと話してくれたので、心待ちにしていたところ、那覇からの男が入ってきて、これまでの仕事のやり方が変わって入れなくなっていた。おじさんは、そのうちお前を活かせる職場が見つかったら世話するからと慰めていたものの、ある日、脳溢血でぽっくり逝《い》ってしまったという話を聞かされ、ただただ驚かされたことがあった。

紀久男があれほど願望していた兄の工場《こうば》は輸入家具という時代の波に呑《の》まれ閉じることとなり、職人たちも散り散りになった。あとでは自らが輸入家具販売で再起をかけたものの、資金繰りが底をつき、夫婦して行方をくらますこととなった。

もう、紀久男のことから四十年という嘘のような歳月がながれている。

紀久男はその後、酒と強度の神経衰弱の果てに隔離精神病棟へ入れられた。一度面会に行ったが、以前の彼の面影はどこにもなく、魂《たましい》の抜けた黒い物質のようなものが壁に凭《もた》れ蹲《うずくま》っていた。監視員からの話を聞くと、ときおり左の人差し指を右の人差し指で削《けず》る仕草をみせるときがあるということだった。それに極道みたいな自慢の彫《ほ》りもの〝一匹竜〟を見ることさえ叶わず、足を引きずりながら精肉店《ワーサー》を励んでいると聞かされていた義勝兄さんだったが、一人息子をバイク事故で亡くしてからというものたちまち老け込み生活保護を受けているらしかった。この、わたしと深く関わった二人は数年前に亡くなっている。信じられないことにこれも同月同日《どうげつどうじつ》だった。二人の暗い影がわたしにまとわりついていたのは疑うべくもなかった。白波が轟音をあげ岸壁にぶつかっては砕け、胸の奥で怒りが膨らむ。満月を眺めつつ、サガリバナの下のほうの蕾《つぼみ》をみているると、競い合って登っていく人間に見えたり、幸せを求めながらもあらぬところへ逸《そ》れ、散っていった人たちに思えて人間の業《ごう》というものを考えずにはおれず立ちつくす。

自らの幸せをのぞむため他者の幸せをも願いたい。たとえそれが死者であったとしても……市街地の北側を西へと流れ通称一ノ橋辺りで海と交わる荒引橋のことが脳裏を掠める。この川沿いに平久保の、米盛三千弘さんからの苗木を植えてみよう。

月が雲に隠れると、ゆるく羽ばたく白い海鳥《うみどり》が数羽啼《な》きながら上空を渡りはじめ、風が吹き、サガリバナの房《ふさ》が揺《ゆ》れだした。

＊文中における方言の樹の和名は、ヤラブ（てりはぼく）、ドゥスヌ（たいわんおがたまのき）となる。

屋良部《やらぶ》半島へ

台風の近づいた夜だった。

いつものように八時半に席を立とうとしたとき、「急に雨が降り出したみたい」と彼女が声を掛ける。

いわれればガラス越しに雨音がする。店の前を車が通るたびにタイヤの水を弾く音がしてくる。磨りガラスから外に目を遣《や》ったまま、どうしたものか思案していた。すると、片付けものを済ませるまで待ってて、という声が背後から聞こえる。タクシーが続けざまに通過していく。早めに帰れば良かったのかも。それだと途中から雨にたたられ、どこかホテル近くで雨宿りをしていることだろう。

トイレの窓からの鳳凰木《ほうおうぼく》が、ぎらつく太陽の下で、見るものを圧倒して、黄に赤と鮮やかに咲き誇っているのとは違う趣《おもむき》がする。

ネオンを消すと、入り口のスタンドと鉢植えの花木を入れ、鍵を掛け、シャッターを下ろす。彼女の広げる傘に入って雨の中を歩く。ときおり吹く強い風に彼女の手元がぐらつく。いくらも歩かないうちに足もとは濡れる。吹きつける風雨が傘を強く弾く。彼女は傘をすぼめると近くの〈まんじゅまい〉という名の階段を駆け上がる。

この、マンジュマイという方言に接するたびいつも違和感を伴うものが。純白な花は清らかな女性をほうふつとさせ美しい。実は実で、直ぐさま、ふくよかな胸を連想させるのに、なぜ、性器を呼ぶものになったのだろうという疑問……ところがさいきん橙色に熟れた実を食べたとき、ぎっしり詰まった黒い種《たね》を見て、これは、子だくさんの、生《ま》り繁昌《はんじょう》を意味するのだと解ったのだった……。

彼女の話では、そこは姉妹《きょうだい》二人に、弟が手伝っているらしい。妹がママで歌が上手《うま》いとのことだった。入ると女がカウンターの中にいてお客は一人だった。女の話すのには、いい時間に雨が降り出したので、客は来ないだろうと呟《つぶや》きながら、湯気の立つパパイヤの煮染《にし》めを大きな皿に出したあと、かかってきた携帯《ケータイ》で話をしていたが、今日は妹弟も休むらしいとの話をする。と、傍《そば》の彼女が、ママは西表の工事現場へ賄《まかな》いとして行っているのだと耳打ちする。目の前の女も五十五くらいにはなっているはずだが、かなりの色気で、上背《うわぜい》もある。若いころはきれいな人だったに違いないと思わせるものをもっている。彼女のところで飲んできたのでいくらも飲めない。ツマミにしてもわたしからすれば三日分はありそうだ。ビールを飲んでは話しかける何時《いつ》もと違う彼女の相手をしながら、カラオケを何曲か唄っていて、タバコが切れたので、買ってくるといい、出ようとすると、女はカウンターから飛び出してきて、腕を掴み、とても歩けないくらい雨が降っているから、自分が行くと言い、断っても聞かない。それではとお願いすることにした。帰ってきた女は傘が役に立たないほどの雨だという。スカートの裾《すそ》を前に束ね寄せて絞る。水が音をたてタイルを流れる。大雨洪水警報が出たらしいと話す。コンビニまで往復二百メートルくらいなのにびしょ濡れになっている。薄くなってきた髪はくっつき、頭皮さえ見える。タオルで懸命に拭きながら、お客さん、アンタのものだから買いに行ったわけではないからね、となんども言う。白い服は身体《からだ》にぴったりくっつき、ボディスーツからの下着さえ透きとおっていて目のやり場がない。だれもいなければ素っ裸にして暖めてあげるところだ。申し訳ない気がする。顔を拭くたびに化粧は剥げ落ちる。このあとどうして仕事をするのか、着替えなんてないはずだ。こんなに濡れていては間違いなく風邪をひく。カウンターの男からも批判されかねない。タバコを切らしたのが罪なくらいだ。今度はつれの彼女にも先ほどのように特別にしたわけではないからだと念を押す。とはいっても、こういうことは易々《やすやす》と出来るものではない。これほどの女だったら、お客の心を捉《とら》えるのはわけないことだろう。現にわたしが心を揺さぶられたのだ。女はさり気なくダンスを誘う。濡れた身体を抱くと、頬を寄せ、携帯の番号を教えてと囁《ささや》いた。

彼女はそんな様子をじっと見つめていた。

こんな事のあった夜からだった。

彼女が積極的に誘うようになったのは。

彼女は、野球やバレーボールなどのスポーツ中継があるとき、テレビのある居酒屋などで観戦しながらスポーツに疎《うと》いわたしへ、お客から仕入れた情報と知識で優位に展開する。わたしも彼女が得意になって喋るのを楽しんではいた。

そのうち彼女の思いついたのが、貝、ハマグリを採《と》ることだった。

伸ばした右手で熊手を波打ちぎわに近いところから浅く入れ、腰の辺りまで引く。時間的にいくらか早いせいか、潮はそれほどひいてはいない。熊手を前後にガサーっと動かしながら横移動していく。大きなものではないがまだまだ採れる。だいたい親指の爪くらいの白いハマグリだ。小指くらいだと見逃し、人差し指より以上のものを採る。あまりいないときはたまに移動する。砂の中から姿をみせるハマグリを、ビニール袋に入れては、熊手を引いていく。二時ちかくに発《た》ったので、此処《ここ》へは三時前に到着している。直射日光がもっとも強い時間帯だ。おまけに浜辺なので照り返しが凄い。帽子の中はむせかえり、額《ひたい》からの汗は眉をのりこえ睫毛《まつげ》に掛かって目に入り、こめかみのあたりからもモミアゲをつたって顎《あご》からシャツの胸元にぽたぽた落ちてくる。四十分くらい経《た》ち袋にいくらかたまってきたので、これでいいかと、立ち上がる。もっと採ってもいいが、付き合いできているのでこの暑さではこれくらいが限界というところ。腰を伸ばしては、しびれた脚をならすため、足踏みをする。

東南アジアへ向かっているのだろうか、澄み切った青空を銀色にかがやくジャンボ機が飛んでいく。いくらか離れた東の方角に、ダーク・レッドのシャツを着て襟《えり》を立てた彼女がいる。

入り江になった湾の二百メートル先には七階建てのホテルがあり、砂浜の前には数十個のブイの付いたハブクラゲ除けの網囲いがされていて、数人が泳いでいる。わたしの歩いているところは西端になる。遠く、斜め前方の右寄りはゆるやかなカーブで、浜辺沿いはグリーンベルトとなっている。地霊でも宿っていそうな豪族の墓ちかく、周辺をヒルギに囲まれた小規模のレストランであったところが今は敷地を広げホテルになっていて、赤い屋根が木々を高く突き出ている。川平湾からはちょうど逆の西側に位置する底地《スクジ》はシーズンともなれば島でいちばん賑《にぎ》わいをみせるビーチだ。湾全体が遠浅なので子どもづれも多い。河口の右寄り後方には険しい山々が迫り他にはないすばらしい景観をつくっている。ダイビング客を乗せた船も数隻いて、初心者へ熱帯魚でも見せているのか、ときおり飛び込んだりする。若いころから数え切れないほど来ている底地《スクジ》ビーチなのに反対側の場所からだとまったく違う。

彼女のところへと歩きながらハンカチで顔や首筋の汗を拭《ぬぐ》う。

九月の下旬というのにまだこの暑さだ。

立ち止まったわたしのビニール袋を見ると彼女は笑いながら取り上げ、広げて中を覗《のぞ》く。わたしも屈んで彼女のものを見る。わたしの倍くらいの量だ。しかも大粒ときている。大きいのは貝の表面に細い筋が幾つもあって、殻頂《かくちょう》は緑がかっている。これまでわたしが小さなものまで採るので小言をいっていた。もう、十数回もこの場所で採っているのに、一度として彼女を上回ったことがない。熊手を引く長さは彼女の倍くらいだから理屈からすれば多いはずのものが結果的にこうなるので腑《ふ》に落ちない。

六月の初めごろ誘われたとき、ほんの付き合いと思っていた。それでも冷えきったクーラーの部屋に慣れているわたしにとってはすぐには同意しかねるものがあった。こんな暑いさなかに貝を採りに行くなど考えられない。ただでさえ手首の老斑《ろうはん》が気になるところを、「さっき熊手を二つ買ったのにィ　早くう！」と突然、電話をかけてきて有無を言わさず強引に急かす。そんなこともあって折れたかたちになっていた。それで四時過ぎごろからということにして、早めに迎えに来た彼女と近くの観音堂前の浜へ向かう。細長い薄紅色の貝や、子どものころ首飾をつくってもらったという丸っこいつるりとした宝貝などを見かけたりしたが、二人のものを合わせてもそれほどの量にはならなかった。其処《そこ》で変わったことに出くわしている。三百メートル先に在《あ》る小さな岬の辺りに六時過ぎごろ何処《どこ》からともなく人が集まってきて、夕陽を眺める人たちで賑わう。島に住んでいるものからすれば見なれたいつもの風景なので、わざわざ見に来るほどのものだろうかと思ったりする。落日に染まりながらひたすら見入っている様子は祈りにちかいものさえ連想させられるのだった。彼女はその後、貝のことを話さなかったが、数年前に建てられた白保海岸近くにある民俗学者の歌碑を見たあと、ドアに水字貝《すいじがい》を吊したそば屋へ入ったときのことだった。わたしたち以外にお客がいないということもあってそこの主人へ気安く訊《たず》ねたのだった。すると、「むかしは白保でもたくさんいたんですが今はまるっきり駄目ですなぁ」という言葉のあと思い出したのか、「あ、そうそう伊原間の浜にいると友だちが話していたのを聞いてはいますが……」ということだったので、そばを食べたあと、早速そこへ行ってみる。ところが観音堂よりはいいというくらいでそれほどではなかった。彼女はビニール袋の底を目線まで持ち上げると、わたしを見て苦笑いをする。

これで、これから誘われることもないだろうと内心ほっとしたものだった。

ところが、再び電話がかかってくる。

ドライブのついでに川平の公園食堂へ立ち寄った。

二十歳のとき仕事で、西回りで学校巡りをするときなど、そこで昼食を摂《と》っていた。その後も川平を訪れたときには利用していた。現在の店の手前に五坪くらいの茅葺きの小屋でおばさんが一人で営んでいた。そのころ唯一の食堂だった。二十一のときだっただろうか、映画のロケを見にオートバイで川平へ向かったときだった。名蔵湾の辺りから大雨に遇《あ》い、そこへ入ったとき、おばさんがタオルを貸してくれ、焚《た》き火で冷え切った身体《からだ》を暖めさせてもらったことがあった。砂糖きび畑の間の小道を車で出入りしていたが、川平湾を訪れる観光客が増え、お土産《みやげ》店などが建つ。道がふさがれ困っていたところ、お客に行政関係者がいて黒真珠工房の辺りからブルを通して曲がりくねった小道をこさえてもらったのだと話していたことがあった。二十数年前から息子夫婦が後を継いでいるが、自宅も兼ねていることから声を掛ければおばさんの顔が見られるかもしれないと思い、「お母さんはお元気ですか」と奥さんへ問いかけてみる。すると、送迎バスでデイケアーに通っていて留守とのことだった。軽い溜め息をつきながらも歳月の流れというものを感じないではおれなかった。二時半を過ぎ、席もいくぶん空いていて息子さんがお客と話をしている。これほど通っていても、息子さんとは言葉を交わしたことがなかった。たぶん一つや二つは歳下《としした》だろうということが分かってはいるものの声掛けづらかった。それはわたしと違ってゴッツイ体格の野武士を思わせる風貌をしていたからだった。

彼女となんどか客の居ないときに来ていても、壁に貼り付けられたカンムリワシの写真や貝の標本に目を遣《や》るだけだった。

ところが、県紙の記事に〈四七〇キロを仕留める、十一歳アメリカの少年巨大イノシシ射殺〉という見出しで、アメリカ南部アラバマ州十一歳の少年が体長約二・八メートル、体重約四百七十キロもの巨《おお》きなイノシシを銃で仕留めたとある。少年の名はジャミラン・ストーン。父親のマイクさんらと同州東部で狩猟中、イノシシを発見し射殺。マイクさんたちは息絶えたイノシシをトラックで近くの畜産取引所に運んで測定。写真は、前脚を折り、あんぐり口を開いた子牛のようなイノシシの背中越しに帽子をかぶったあどけない顔の少年が銃を持っているものだった。それを拡大コピーしていたので、そばを運んできた奥さんへ手渡した。すると、厨房《ちゅうぼう》から出てきた息子さんは興奮した顔つきで、友だちに猪捕《ウムザトゥヤー》りがいるのでこれをもらっていいだろうか、と話しかけてくる。そのつもりであることを告げた。その後、そこへ彼女と行ったときに、笑顔で話しかけてくるので、貝の採れる場所はないものかと問いかけてみた。彼は直ぐさま一箇所だけあると教えてくれる。彼女はただ相づちを打っているものと思ったのか、わたしが車に向かったあと詳しく聞いたうえに地図を描いてもらったと紙切れを見せていた。

ようやく立ち上がった彼女は貝を一つにまとめるとビニール袋を引っ提げて歩きだす。わたしは熊手の先をビニール袋に入れて結んだあと、後からついて行く。浜を上がるとホテルのグラウンドゴルフ場内にある四阿《あずまや》の水道水で貝の砂を落とし、さんぴん茶を喉《のど》に流し込み、タバコを一服したあと、四時ごろになって彼女の運転する車に乗り込む。なんどかバックや前進をくり返しハンドルを切っては向きを変えると、坂道を上がっていく。フロントガラスやバックミラーに蔓《つる》性の植物やユウナの小枝が引っ掛かる。大きなシャコガイの殻の散在する風葬跡の岩場を横手に車一台がやっと通れる曲がりくねった小道を抜け、舗装道路に出ると右へハンドルを切る。左後方は半島まるごと外資系の敷地になっていて、赤瓦コテージのしゃれたリゾートホテルが数年前から建っている。濡れた髪を乾かすため、クーラーを強にすると、風向きを変え手でかき上げる。左手に砂糖きび畑が拡がる。その向こうに海を隔《へだ》てて白い雲の下になだらかな山々がつづいている。前方をクイナが歩いていて、車が近づくと慌てて道路脇の草むらへ走っていく。

ダッシュボードにおいてある携帯電話の振動音に彼女の手がのびる。

携帯の受け答えから四人の兄姉《きょうだい》がいるらしかった。

彼女は五月の下旬ごろ母親が病院に入院したため、早い時間に店を閉めたり、休んだりする。母親の病気は確か肝臓癌《がん》だと話していて、子宮にも転移しているらしいとのことだった。いつも見舞いが済みしだい病院から電話をしてくる。このところ彼女にとっての貝採りは、落ち着かない、あるいは鬱《ふさ》ぎがちの気分を晴らすことのように思えた。

彼女の営む喫茶店へ通い始めるようになったのは、昨年のことになる。

そのころ、癒《い》えることのない傷を抱えながらも一年に及ぶ本作りの編集作業に振り回されていた。順調にいけば数ヵ月後には五百ページのものに仕上がるのだが、文章の手直しにかなり手こずっていた。こんなときはあまり先のことを考えないでその日その日をコツコツ進めていかねばならない。それで六時になると切り上げ、気分転換のため安い酒場へ通っていた。泡盛一合半くらい飲んで、十時前には帰るというふうだった。そのうちたまに隣の店へ立ち寄るようになっていたが、帰るついでなのでほとんど飲めない。で、七時に開《あ》ければいいのにと話すと願いを叶《かな》えてくれたので、仕事を一時間延ばして、その〈ジュン〉というスナックを利用するようになっていたときのことだった。

カウンターで飲んでいると、ギョロ目の男が入ってきて、わたしを睨《にら》んだあと、ママからのおしぼりで忙《せわ》しく手を拭き、咳払いをしたあと話しかける。

「昨日《きのう》、ミナのところで飲んだら、角切り豆腐に鰹《かつお》の腸《はらわた》をのっけたのを持ってくるので、ミナ！君のとこはいつもこれだなぁ、たまにはスクにしろよ、といってね。ところでミナ、スクは大きくなったらどんな魚になるか知ってるか？　とからかい半分に訊《たず》ねてみたんだ。するとミナ、あい、こんなの、いちいち訊《き》く人がどこにいるか、あれは、あのまんまサ。えっ！　だったら大きくならないということ？　そうさ、大きくならないものサ、と言うんだ。で、ときどきこの店でもお客さんにエーグワーを出すでしょ。あれ、和名はアイゴと言うんだよ。だから、アイゴがエーグワーで、エーグワーの子どもがスクさあ、ミナ。この稚魚《ちぎょ》が毎年旧暦の六月一日、十五日のときね、大潮にのって沖合からサンゴ礁域へ押し寄せてくるんだよ。この神様からの賜り物を、待ちかまえて網で獲《と》って塩づけにしたのがスクガラスなんだよ。これは卵から孵《かえ》ったばっかりでなにも食べないうちがい い。藻《も》を食べたのはスクとしてはよくないさなぁ、と俺が話すとこれまたミナ、あんなの可哀相じゃない？　残酷じゃない？　なんて屁理屈《へりくつ》こねてねぇ、最後はなんと言ったと思うママ。あがや、ウチのところは今まで通り鰹のハラワタ！　と言ってからに、あっさ、あのミナは可愛いグワーだけど、強情だよ」

この話にママは笑い転げながら、「あの女《こ》の店《とこ》いったことあるけど、とっても気が強いみたいねぇ」と応《こた》えている。建設業をしているという宮古出身の男の話をおもしろいと思いながらも、どこか違和感をともなう気分にさせられていた。今どきスクのことを知らない人がいるものだろうか。しかも飲食店の人間がという疑問だった。これが気になるので、男がトイレに入ったときママから店の名前と場所をそっと訊ねていた。

翌朝になっても昨夜の、「あれは大きくならないものサ」という言葉が頭のなかでくすぶりつづけているのでその喫茶店、〈サザン・クロス〉の前を通ってみたが、準備中という板が掛けられている。正午前にも通ってみたが同じだった。それでも気になるので再び出掛けようとしてバイクのシートを上げ、ヘルメットを取りだしたところ突然の土砂降りに諦めざるを得なかった。

わたしがその店にこだわったのには、ただ単にエーグワーの稚魚がスクだというのを知らない女がいるという興味以前に、高校生のときに作った今でも諳《そら》んじている詩のことがあった。

いつも
シュミーズすがたの
隣の

ねえさんが
ちいさなさかなを白いごはんのうえへ
のせていた

ぼくは
めずらしいので
じっと見ていた

ぼくがものほしそうにみえたのか
いたずらっぽい笑みを浮かべ
にぎった箸のまま
手招きをする
そのとき初めて
スクをしった

ちいさな可愛いさかなを

掌《てのひら》にのせ
じっと視た

海のにおいがした

ほっそりした綺麗な
ねえさんは
赤い唇のなかへ
スクを入れている

ぼくは
ねえさんがスクをたべるのを
ただ見ていた

ちぃさなスクは　たくさんのスクたちは
ねえさんの からだのなかでおよいでいる

六月の中旬で梅雨《つゆ》明けまぢかだった。

翌朝、仕事場へ向かうついでに〈サザン・クロス〉の前を通ってみるつもりでバイクを走らせていた。木々の葉に弾ける太陽の光さえまぶしい。信号機を幾つか過ぎ、鳳凰木のある近くの〈サザン・クロス〉に差し掛かったので、ちらっと見ると、営業中という文字になっている。十時だった。バイクを停《と》め、ガラス越しの明かりや人影を確認したあと仕事場へ向かう。クーラーのスイッチを入れ、タバコを喫《す》ったあと、今度は余裕をもって行き、ドアノブを引く。

カラン　カラン　カランと涼《すず》やかな鐘の音が幾つか鳴り響いて、奥のほうから女性の声がする。

中央の通路を挟み左右にテーブルが五つあって、突き当たりのカウンターには四つの椅子がある。入り口左、テーブル端の椅子に腰を下ろす。ウェイトレスがメニューと水を運んでくる。さり気なくその女に目を遣ったあと、アイスコーヒーを注文する。上体がほそく、切れ長の目に、小さな顔をした顎《あご》のほそい女だ。Tシャツにぴったりした短めのジーパンをはいている。歩くとやわらかな長い髪が肩先でゆれる。四十くらいだろうか。小柄で色白な女だ。やがてコーヒーを運んでくる。もう一度その女を見たあと、ストローをグラスに差し込むと勢いよく吸い込んだ。こんな時間に喫茶店でアイスコーヒーを飲むのは久しぶりのことだった。（この女ではない……もう一人別に居るはずだ）とピンク電話の近くにある新聞を取り、めくっていると大きな鐘の音と同時に一目で土木関係の人だと分かる身なりの男が入ってきて、カウンターの席に腰掛けると話しかける。それも一昨日《おととい》のミナという名を口にしながら。やはり奥の厨房《ちゅうぼう》にだれかいるのだろうと通路側の椅子へ寄って身体を傾け、モザイクガラスの嵌《は》められた仕切り板からそっと顔を出しカウンターの方へ目を向ける。とたん、ンベェ～、ンベェ～、ンベェ～と甲高いヤギの鳴き声が続けざまに。何事かと動揺すると、男はポケットから携帯《ケータイ》を取りだし、昨日の大雨で工事が出来ないから今日はここで飲もうじゃないか、と返事をする。（酒も出すのか……）看板の、サザン・クロスの下にある傾いだ星のような十字のコーヒーカップがたちまち泡盛の瓶《びん》に取って換わる感じがした。

三十分ほど経《た》っても彼女一人なので、金を払いながら、何時まで開いているのか訊《き》くと、八時半だという返事が返ってきた。

その日の夕方から其処《そこ》の店で飲むようになる。

やはり厨房に女はいた。居るにはいるが想像していたのとはちがい大柄でランチタイムの二時まででらしい。わたしが訪れたときは子どもが病気のため休んでいたとのことだった。そういうことで、二人ともわたしが勝手にイメージしていた子どものころの、隣の姉さんにはほど遠いものだったが、それでもそこへ来るお客たちはこれまで接することのなかった人たちばかりで興味つきないものがあった。

一週間ぐらい経《た》っただろうか。

ドアの開く音がして、ふと目を向けると、あのスクの話をした建設業の太った男が立っている。目が合うと、片足を踏み込み、ノブを握ったまま躊躇《ためら》っていたが、わたしが笑みを浮かべると、乱杭歯《らんぐいば》を出して笑ったあと意を決したように入ってカウンターへ向かう。生ビールをとったのか、ビアマグを合わせせる音のあと、旨《うま》そうな短い叫びがして、男が、ミナ、と名前を呼び、親しそうに話しかけて飲み始める。まだ客がいないのと声が大きなせいでハッキリ聞こえる。

「あっさ、純子の話だけど聞いてごらん。荷川取《にかどり》さんがスクの話をした翌日から来なくなったよ。あんな話さえしなければこんなことにならなかったのに。あの人、高校時代からの憧れの人だったんだよ。紳士だし。ああいうタイプはあまりいない。いい客だったのにと、しんみり言われてねぇ……彼、ほんとに毎日来てるの。俺、責任感じているさぁ」

「アレな、六時十五分に電話して、開《あ》いてますか、といって六時半に来ると同じ席の奥に座り、泡盛の三合瓶とって、ちびちびやりながら、新聞読んだり、本読んだりして、八時半になったら帰るサ。置いてある本を見てみると、レトリックなんとかかんとかいう、とにかくウチらには訳のわからんものだよ。読んでないときはぼーっとタバコだけ喫っていて、人と話をしない。あんまり飲みもしない。三日で一本。だけど毎日来ているから金はだれよりも落としているかもわからんが、ウチの客はあの人のことを、なんの楽しみがあるかなぁ、って話題にするさ。隣の店のお客が、アンタが目当てで来ているかもよ、というのでホントかねぇと話していたけど、荷川取さんの今の話、スクのことを聞いてだんだん不愉快になってきたサ。あんまり変わっているからウチは一昨日《おととい》言ったんだよ。ウチの店になにしに来ている？　なにを探ってがいるか？　とね。すると人を馬鹿にしたように笑った顔するし。アンタもアンタさ。なんで他の店でウチの話するか！　昨日《きのう》は七時ごろあの〈ジュン〉のママから電話があったみたいだし。帰る前にもその店に通ってる女がアンタみたいに来ていたし。だからそっちが来る前に、ウチの店に女を来させるなと言ったサ。あい、アレ、あの人、携帯さえ持ってないんだよ。今どきこんな人がいるかぁ、聞いたこともない。しかもウチの店を出たらまっすぐ帰るんだよ。平得のナカドウ道のアコゥ樹のところまで。歩いてだよ……考えられる、まず……」

「へぇ、ナカドゥ道ねぇ。ミナ、お前、ここのトゥバラーマっていう恋を歌った民謡《うた》を知ってるか？　伊良部トーガニくらいに有名だよ」

「あれぐらいウチだって分かるさぁ」

「やはり、その謡《うた》と同じかもなぁ……。ミナ、かえって良かったんじゃないか、俺よりスマートで男前みたいだし。純子に恨まれてしまったからミナからは感謝されないと立つ瀬がない」

「イーダリ～、あんなの、ウチの一番嫌いなタイプ。それよりか荷川取さんのほうがずっといいサ」

と、お代わりをもらっては喋る。それも、ときどき、わたしのところを振り向いては、互いに目を合わせて笑っている気配さえする。

「それはそれとお父さんお母さんは元気か？　住吉《すみよし》の公共工事でボクが下宿していたときミナはまだ中学生だったから、もう二十年余りになるかなぁ。そのあとミナが高校時代から付き合っていた本土の青年と結婚したということだったのに、一年くらいでここに戻っているのを聞かされたときは驚いたんだが」

「あのことは話さないで……お客もいることだし……」

「はぁ？」

住吉、と話す男の言葉にたちまちむかしへ遡《さかのぼ》る。

わたしの母校の農林高校では牛の餌《えさ》の草刈りがあった。それを各科の一年生がやらされる。一週間で学期ごとに数回あった。父は農業をしていたが、わたしが小学五年生のとき隠居の身になっていた。まだ五十を過ぎたばかりだったが、視力がかなり衰えていた。そんなこともあって末っ子のわたしは中学生のころから木工業を営む長男の手伝いをしていて草刈りなど経験なかった。おまけに草を運ぶ自転車でさえ、兄が乗って出掛けていると苛立ちながら工場で待たなければならなかったのだ。夕方ちかく焦《あせ》ってペダルを漕ぐ。初めのうちは刈った草を束ねるのさえままならない。それを十束、自転車の荷台に乗せていくが、ハンドルを取られて転倒したり、紐《ひも》がゆるんで草束が落ちたりする。遅れると牛舎《ぎゅうしゃ》にいる先輩に殴られる。そのころ村の北方の農地に適しない石くれのところに簡単なトタン葺きの家が数軒建ち始めていた。離島からの人たちだった。其処《そこ》にクラスの友だちが下宿していて、わたしの家から九百メートルくらい離れたところだった。草刈りのときは心細かったので、彼と野山へ行き、草を刈ったりしたのだった。そのあと父に頼んで近所の家を回り、桑の葉を切り取らせてもらえるようお願いをする。それだと草より確実で朝早く自転車で運べる。あのころ何処《どこ》の家でも屋敷の隅に桑の木があった。

わたしを悩ませた草刈りの一年間はなんとか終わった。

その後も彼がわたしの名を呼んで誘い掛ける度に、父が顔を出し、兄の手伝いのため忙しいからと言ってわたしへ近づけさせないようにしていた。そんなこともあって彼はわたしから遠ざかっていったが、ベトナムへ向かうアメリカ軍の戦闘機を見上げながら一緒に草を刈った西表出身の友利勇《いさむ》を卒業後も思い出しては懐かしんでいた。彼の出身地が住吉だというのをわたしは覚えていた。

彼女の母親は七十八歳といっていたから、八月いっぱい持つかどうかだろうと考えていたところ、九月の初旬でさえ意識はまだ確かだという。わたしも十八年前の四十三歳のとき母を亡くしている。上司とうまくいかず、仕事を辞めて家に引きこもっていたときのことだった。亡くなる一年前に八十五のお祝いを身内のものでやってあげたあと、翌年に入院して三ヵ月で息を引き取った。生前から下の世話を掛けるのを極端に嫌い妻に話していたので本望だったのではなかろうか。それでも二ヵ月目くらいから足腰が不自由になりベッドの側に便器を置いていたが、そのうちおむつをするようになる。拭《ふ》くとき、男よりやりづらい。仕事をしていないときだったので、世話は自分でも出来ているつもりでいた。ちょうど息子たちと代わって家にいるときだった。文学青年が尋ねて来て同人誌のことで相談を受けていると、お医者さんがお父さんを呼びなさいと言っている、と息子からの電話があった。ところが二、三度こんなことがあった後だったので生返事をしたあと話に夢中になる。一時間くらいして病院へ行くと、息子と娘が母の手を握ったまま涙をながしている。予想してなかっただけに狼狽《うろた》えた。葬式を済ませたあと息子へ、今にも死にそうな状態のときは危篤だと言うんだぞ、と怒鳴りはしたものの、すべてはわたしの責任だった。臨終のまぎわに子どもが傍《かたわ》らにいないことほど不安なものはないだろう。なんどもわたしの名を呼び続けていたという母のことを思うと今でも胸が締め付けられる。そんなこともあって彼女へはあと三ヵ月くらいの命だはずだから最後まで油断は禁物だよ、とにかくあとで後悔することのないように、と自分の経験をふまえて話したりしたのだった。

砂糖きび畑の道を観光バス二台とすれ違い、ちいさな丘のつづく右手の道路脇につらなる墓から田んぼのあるカーブにさしかかったあと村はずれの家々を通り過ぎ、御嶽《オン》ちかくのロータリーを左に曲がりなにかでてきそうなガジュマルの老木から真っ直ぐ行くと、公園入り口にさしかかる。静かな公園食堂とは違い観光客で賑わっている。駐車場も満杯だ。アイスクリームを欲しがる彼女を降ろし、代わって運転すると浜へ抜けるくねった坂道をゆっくり下ったあと迂回、さらに上がり、いくらか道幅のあるところで待ち、店から出てくるのを見てクラクションを鳴らし乗せる。車を駐《と》める場所がないのでそのまま走らせながら、道路脇の松林に入る小道に車を突っ込むようにして停める。

受け取ったアイスクリームを、松を見上げながら食べ終わると、口ゆすぎにさんぴん茶を飲んでタバコを喫《す》う。木陰を歩く。ときおり風が吹く。季節はずれの、ひょろっとした、野アザミのちかくで葉を揺らすクワズイモを指さし、駄々をこねる女の子を真似るように頭を振りながら地団駄踏むと彼女は吹きだす。拾い上げた枯れ枝でわたしの尻をはたこうとするので、両手を後ろに組み腰を落とすと首を伸ばし、クイナを真似てはちょこちょこ逃げ回る。轍《わだち》の残る上り坂を歩いていく。彼女は尻のポケットから携帯を取りだし、頷《うなず》いたりしてときおり立ち止まる。

わたしは様子を伺い歩きだす。

ときどき振り向いても、座って背を丸めたままでだんだんちいさくなっていく。

溜め息を付き、ポケットからタバコを取り出す。道の側のススキの葉がざわつく。風が乾きかけた前髪をゆらす。松林の間から海が見える。この辺りまで川平湾がのびている。珊瑚や深みの変化で独特の色合いを見せる公園内とは違い、遠浅になっていて白砂が透《す》けている。湾の向こうには於茂登《おもと》連山の山肌が起伏をみせている。四時を過ぎているが、陽はかなり高く、松の葉をきらめかせる。ふと、前方斜めに視線を移す。小道が左奥へのびていて手作りの赤い郵便受けがぽつんとたっている。名字からして地元の人ではないのが分かる。家などなかったところにアニメの世界から抜け出したみたいな家が二軒ある。タバコを吹かしながら眺めていて、窓の内の人影に気を取り直して歩きだす。彼女はまだ来ないので、大きな岩に腰を下ろしたまま白い海の波紋を眺めていた。十五分以上経っただろうか、振り向くと彼女が後ろに立っている。わたしは左側を手のひらでたたいて心持ち右へ寄る。彼女は腰を下ろしたあと、しばらく俯《うつむ》いたり遠くを見つめたりしていたが近くから小石を拾い、岩の表面を打ち始める。初めのうち弱かったものがだんだん強くなっていく。尻から背骨へと震動がつたわる。と、違った音がして彼女の打つ手がはたと停止する。脆《もろ》いものだったのか手の中で割れてしまったようだ。彼女は二つになった小石を見つめ重ね合わせたりしていたが、深い溜め息をつくとわたしへ向かって話し始めた。

「ウチ、子どもがいない、といってたけど、あれ、嘘なの。さっきの長電話はお父さんからサ」

「お父さんといったら、西表の?」

「そう。ウチの子からお父さんに電話があったらしいの。それでお父さんウチへ電話してきてね。その子、女の子で、NGOっていうの? 海外援助隊で日本を離れていたけど、近く帰ってきて、再び発《た》つらしいのね。成人式のときなにもしてあげれなかったから、電話くらい入れたらどうだっていうのよ」

「その子とはこれまでやりとりをしているのか」

「ときどき電話があるときだけ……」

「前に、君の店で建設業の荷川取という男が話していた高校時代に付き合っていたというときの……」

「あの話、聞いていたかぁ」

「というより聞こえたんだ」

「アパートが隣だったの。高校三年のときで、ちょうど梅雨の明けたころだったかしら。彼、不動産事務所で働いていたんだけど、ときどきマリン関係のところでアルバイトしていてね。ウィンドサーフィンが上手《うま》くてさぁ。ウチも中野部落から遊びに来た男の子たちに和《かず》ちゃんを加えて海に行ってたので泳ぎは得意なほうだった。それで夏休みは彼と鳩間島でキャンプして、水上バイクに乗せてもらったりしてとっても楽しかったよぉ。やがてクリスマスが過ぎ、生理がなくなったの。妊娠していると知ったときには三学期も残り少なくなっていた。このことを彼に告げると、両親に合わせなければならないから東京へ行こうというわけね。それで卒業式を終えるとここを離れたの。ところがビックリ。彼の家、これが立派なものでねぇ。お手伝いさん三人もいてウチのすることとはなにもない。ほんとだよ。あんな上品なお母さんやお父さんとは話も合わないし、食事のあと部屋にこもりっきりだったの。そのうちお産がすむと、ウチ、貧血症だったのでしょっちゅうめまいがして横になってばっかり。あれほどウチの傍にいた彼も週に一度しか家に帰らないのね。子どもはベビーシッターがみているし。だからウチはときどき電車に乗ってショッピングにいくくらいしか楽しみがなかったさぁ。あんなことこんなことがあって子どもがハイハイするころだった。彼の両親と弁護士がウチに離婚証明書を差し出し、子どもは彼のところで引き取るという条件で、ウチへの慰謝料一千万を提示してサインするよう求めるの。彼は黙ったままだった。ウチもそこの家では息が詰まって居れなかったから、その場で、これまで彼の両親と随分やり合っていたお父さんに相談の電話を入れたあと、サインして、二、三日後には独りで石垣に帰って来たさぁ」

「大変だったんだ……」

　こんな言葉でしか応えられなかった。離島育ちの彼女は、わたしから見ても、言葉遣いとかマナーなどヒヤリとさせられるところがありすぎるので、市内の良家でさえ務まらなかっただろうと考えていたのに、これはまた神様はなんという巡り合わせをさせたものだといわざるをえない。

「今だったらもっと違ったやり方があったのにと思うけれども……あのときはまだ十九でなにも分からなかったし、ホームシックにさえなっていたから……」

「でも、帰る決心をして実行に移したことでよいことのほうが多かったんじゃない？　ただ子どもの事となると、ぼくはなにも言えないけど」

「……そうかもね。お父さんとは会えるし、お母さんの見舞いにも行けてるし、アンタとのドライブでは心が落ち着くし……」

「いやぁ、ぼくはちょっと付き合うくらいでなにもやってあげれないけど」

「そうではないよ。ウチ、そっちと出会ってなかったら今ごろどうなっていたか分からない……」

　空には片側の溶けた白い月が雲の切れはしみたいにうかんでいる。

　車に戻ると、川平公園からの観光バスやタクシーに先を譲りながら松林からバックで車を出す。しばらく松を見ながら走らせていると、左に折れる一周道路の入り口に「わ」ナンバーの車が数台繋がっている。

　彼女に、川平湾の端っこ、道路沿いにある田んぼの辺りを指さす。

「そこはピシダマといって、戦後すぐ宮古の城辺《ぐすくべ》からの人が住み着いていたんだ。彼らは漁業や薪《まき》をとったり、塩たきして生計を立てていてね。十九世帯で七十人くらいいたらしい。その後、塩の値段が安くなったため生活できなくなって減っていき、四、五年で消滅してしまうんだ。そこの人たちは、大嵩、崎枝、元名蔵、名蔵へと散っていくんだよ。君のお父さんたちのように自由移民だったんだよ。ピシダマの人たちはかなり早かったんだが」

　やがて、道路脇の松林もまばらになっていき崎枝部落入り口の屋良部《やらぶ》半島へ差し掛かりハンドルを右に切る。坂道づたいに枝振りのいい松がある。

「トゥマタ松節って謡《うた》、知ってる?」

「ウチがあんなの分かるかぁ」

ときどきラジオでも流れるから聴いているはずだと、口三線《フッシャンシン》を加えて一番を謡《うた》ったあと訊《き》いてみるが、なんの反応もない。

「ミナ、この謡《うた》はね……トゥマタというところに生えている松の彼方の湾向こうから馬に乗っておいでになる方々はだれだ？　いったいどなたがいらっしゃるのか？　おい！　あれは崎枝村をつかさどる村長ではないか。それに助役だよ。村長の賄《まかな》い女は島仲家のマントゥマという美人だったな。さあさあ、妾《めかけ》どもを連れて来よう。これなる乙女たちも呼び寄せよう。だから、どうぞ住みよい村にして下さい、もっともっと村を繁栄させて下さい、というものなんだ。わかりやすく言えば、役人がやって来たのできれいな女を抱かせ、酒やご馳走で持てなし、村長の弾く三線《サンシン》や助役の吹く笛で謡《うた》って踊って喜ばそうじゃないか、といういたって単純なものだが、裏に農民のしたたかさを読めなくもない。こんなことって昔も今も変わらないんだなぁ。これは謡《うた》のテンポと囃《はや》しがおもしろくてねぇ。トゥマタという地名は、あのミナの左の、田んぼの少し上あたり、あちら付近にたくさんの松が林立していたらしい。これが戦争のあと、学校修復などの復興木材として伐採されているんだが、村の入り口にはまだ名残が。そのあと落花生や、陸稲《りくとう》、それから砂糖きび栽培が盛んになっていくんだよ。陳情して学校も設立してもらい、前途は洋々としていたんだ。ところが本土復帰を前後して大和《ヤマトゥ》企業に土地を狙われる。札束をちらつかせる。土地ブローカーが暗躍する。干魃《かんばつ》と台風などで痛手を被った農家は土地を手放す。やがて多くの土地が大和《ヤマトゥ》たちの手に渡って部落は衰えていくんだ。景勝地が仇《あだ》になったということかな。その後買い占められた農地の三分の一を公社がなんとか買い戻して、農家に払い下げているんだ。ミナなんかはぼくが二十歳のときに生まれているみたいだから、沖縄が祖国復帰したころはまだ保育所に入っているくらいかな」

崎枝小学校に差し掛かり、左へハンドルを切る。右へ行けば半島一周線の道路になる。わずか進んだところで右に切り、山を仰ぎつつゆるやかな坂を上がっていく。学校を右手にゆっくり車を走らせていって途中車を停《と》めると窓から首を出し、彼女へ後ろを振り向くようにいう。前方には半島のくびれで左右に海が見える。くびれの左側は二重になって川平の荒々しい山の先端の裏っ側から小高い幾つか盛り上がった山々の、貝を採った辺りが。大きなシャコガイの殻のあるところが。右手には起伏を見せる於茂登《おもと》連山が波状に幾重にもつづき紫色になって遠く北東へと伸び、さらに名蔵湾の向かいにはバンナー岳《だけ》からゆるやかに盛り上がったミナヌスクムルへと。ここからの眺めはまだ雑誌や投稿サイトなどに取り上げられていないが、絶景の一つだと自慢している場所でもあった。

これから行くところは小学三年生のときの思い出がある。

担任の先生が崎枝部落出身だった。

修了式の翌日、バス停で待ち合わせると、クラスのものたちを崎枝まで連れて行き、岳《やま》へ登ったらしかった。あいにくの小雨模様の日だったのでわたしは行かなかったが、金がなかったのかもしれない。

それから五十一年が経ち、還暦の生年祝い《マリドゥシヌヨイ》を過ぎたころだろうか。

埼玉から訪れた同期の上原《うえはら》幸豊《こうほう》が「マーミヤ」かまぼこ店に行くついでだったのか、わたしの仕事場を訪れる。

彼とは高校時代のクラス仲間であるだけではなく、小学三年生のときも同じクラスだった。

彼が帰省する度に、わたしは作文のことを話題にした。

「幸豊は小学三年生のときの文集で雨靴のことを書いていたなあ……」話すと、「そんな昔のことといちいち憶えてないよ。もしかして君、それを持ってるんじゃないの」と笑う。

「……実は数ヵ月まえの新聞にそれを学校の図書館へ寄贈したという記事を読んだんだ。で、君、読みたければ図書館へ行ってコピーを貰ったらいい。ぼくも欲しいんだが……」

こんな話をすると、行動的な彼は翌日コピーを持参してくれた。

「青空」という表紙の左横に（登野城小学校三年四組）とある。Ａ４判を二つ折りにした二十二ページのガリ刷り文集だ。懐かしさが込み上げる。表紙裏に「石にぶつかることだ　そしてその石がこなごなになるまでくだくことだ」若かりし先生の太字の言葉が。さっそくページをめくる。彼の「なつ」という詩の隣に大城義光の「あまぐつ」がある。

たびたび彼に話していたのはわたしの勘違い。

あんなにも話題にした雨靴だったのに、こんな記憶違いがあった。

わたしはそのささやかな文集を同じクラスだった亀井秀樹、冨永実憲、東辻野俊明、岡山伊津子、伊志嶺京子、貝盛鶴子さんたちへ配布した。

ときおりわたしは「青空」をめくる。

わたしたちが小学三年生の一九五七（昭和三二）年には、沖縄相互銀行八重山支店開設。マラリア撲滅講習会、平久保を皮切りに開催。上水道通水記念碑除幕式挙行。沖縄缶詰株式会社工場落成式。八重山で初の全琉教育長会議開催。沖縄銀行支店開店。大川ナーマ原にて動力耕耘機《こううんき》実習。八重山製糖株式会社設立。二月、第一次岸内閣発足。三月十一日震度五の強震、家屋・石垣に被害大。「赤胴鈴ノ助」や三橋美智也の「哀愁列車」などの歌が流行っていた。

文集の二十一、二十二ページの「一年間」にも貴重な記録がある。

一九五七年
四月　二日　一学期の始業式・桃原用永校長の赴任挨拶。

四月　三日　受け持ち教師、組み分け決まる。一年の教室北側の仮校舎（茅葺き）で二部授業をする。

五月　五日　こどもの日に遠足する。

六月　一日　海の祭典。
六月一五日　流行性感冒発生す。
七月二五日　一学期の終業式。夏休みに入る。
八月　一日　運動場、地ならしのためワークキャンプ隊一行来る。
八月二四〜二五日　八重山郡下陸上競技大会。
八月三一日　ワークキャンプ隊帰る。
九月　六日　二学期始業式。
九月二五日　暴風で三年生の教室倒れる。
九月二五日　一年生と三年生、二部授業始まる。
十月二十日　大運動会。
十月二三日　一年生と二年生、二部授業始まる。三年生は二年生の教室に入る。
十一月　七日　六年生石垣島一周旅行に発つ。
十一月　八日　旅行隊帰る。
十一月二九日　三年ＰＴＡ会開く。
十二月二二日　三年四組、川平へ遠足す。
十二月二三日　二学期の終業式。

一九五七年

一月　六日　三学期の始業式。二年生の教室を離れ、八重高グラウンド北西に建てられた仮校舎（茅葺《かやぶ》き）に移る。

一月二五日　一年三年五年の学芸会を開く。

一月二六日　二年四年六年の学芸会を開く。

二月二五日　無線電話開通す。

二月二七日　教育祭。

三月　五日　児童会長選挙。

三月二三日　卒業式並びに修了式を行う。

役員

一学期級長　東辻野俊明

副級長　石垣綾子

二学期級長　西田文昭

副級長　伊波千恵子

三学期級長　与儀幸治

副級長　崎原邦子

となっている。

当時、正門から北に向かってコの字を逆にした形で、一年生、二年生、職員室列の校舎に囲まれた広場中央に高く聳《そび》えたビンロウがあって運動会にはそれから四方に万国旗を張っていた。三年生までは其処《そこ》で運動会をしていた。やがて八月頃から父兄総出により一年生のいる赤瓦校舎の北側、アダンや豆鉄砲に使う黒い棘《とげ》のあるサルカケミカンなどが茂っているところに運動場整備が開始される。

他には無線電話開通や、修了式前の震度五という大地震で石垣が軒並み崩れていたのが印象に残る。地震のことが文集に抜けているのは、たぶん「一年間」の出来事を作成後に地震は起きたものと推測する。何しろ三月十一日のことで修了式十二日前になるわけだから。

家々の電灯は町から四号線上の農村集落へも普及されつつあった。

そのような時代であった。

同じクラスだった上原幸豊には本音を話さず、暗にコピーをとらせるよう仕向けて申し訳なかったが、その裏には実はこんなこともあった。

農業をしていたわたしの家では黒ずんだ大きな鋏《はさみ》で父が頭を刈る。姉のおかっぱ頭もそうだった。その鋏で、手の爪や足の固い爪も切っていた。

ちょうどそんなとき、山田義一《やまだよしかず》くんが休み時間に何やら光るものでパチパチ爪を切っている。心地よい音に、「何か？」尋ねると「爪切りさあ」という。貸して貰って根元から爪をきれいに切った。「家にたくさんあるよ。貰うか？」とくるので、放課後、彼の後から付いていく。中央通り沖縄銀行南、ショーウインドウにハンドバッグなどが見える洋品店がある。店内に入ると、彼のお母さんらしき方がお客さんと話をしている。しばらく入り口でたむろっていたが、彼が「今日はお母さんがいるから難しいなあ」と言うので、ガッカリしながら市場の辺りをぶらぶらしたあと、映画館が建つという深く掘られた塩水の湧く砂地を眺めながら、坂道を上がって家へ帰ったことなどがあった。

三学期に文集を出すことになった。

みんな作文や詩を書く。

わたしは飼っていた白ウサギのことにふれた。

やがて、先生がどういう名の文集にしたらいいかと皆から募る。わたしの後ろの席から山田義一くんが突然、手を上げ、「思いでの列車！」威勢のいい声を発する。「なかなかいいゾ」先生が感心する。わたしが「思い出の特別列車」と言うと、「このほうがいいねぇ」女の子たちが伊波千恵子さんにささやく。焦《あせ》った義一が「思い出の急行列車！」語気を強めて言い放つ。「これもいいねえ」との声に静まりかえる。さらにわたしが「思い出の特別急行列車」とダメ押しを。クラス全体がざわつく。その四つから先生が採決を取ることになったそのとき、突如《とつじょ》、閃《ひらめ》く。「先生、『青空』が短くて分かりやすい！」立ち上がったわたしが自信たっぷりに話すと、雪崩《なだれ》現象《げんしょう》のごとくたちまちそれに傾く。「思い出の――」というフレーズにこだわっていたのを「青空」で振り切り、決着をみたということがあった。

夏休みに近所の友だちと海へ行ったときの、抜けるような空の青さがふっと浮かんできたのだった。

それにしても内気で温和《おとな》しかったわたしがあんなにも積極的に意見を述べたというのが今でも信じられないくらいだ。

三月の初めぐらいで、風の強い寒い日だった。東辻野俊明《ひがしつじのとしあき》くん、西田文昭《にしだふみあき》くん、わたしの三人で登校していた。下駄屋の息子で編集長の西田くんが宮良病院の門辺りに差しかかったとき、「シンユウのウサギの作文どうしてこんなことになったのか……せめて文集の題を付けたシンユウの名前だけでも記してあれば良かったのになぁ……これも忘れてしまって……」と詫びる。茅葺《かやぶ》き校舎にブランコ、石臼《いしうす》、雨靴などのカットを描《か》いた俊明は黙っていた。照れくさくなったわたしは覚えたての―遠い山から吹いて来る　こ寒い風にゆれながら、けだかく、きよくにおう花―「野菊」という唱歌を胸の内で口ずさんでいた。

嘘みたいだが、実際、道の真ん中にある井戸近く民家の、石垣沿いに薄紫の菊が植えられてもあった。

そんなことから「青空」という文集には特別の思いがあった。

三十くらいになって、その小学三年のときのT先生に会う度に「文集の『青空』、先生のところに有りませんか」と尋ねたりもしていた。

同じクラスだった数名に訊《き》いても反応なかった。

三十八のとき、自転車に乗った太り気味の〝爪切り〟と〝思い出の急行列車〟の山田義一に山晃《やまこう》産業《さんぎょう》跡近く路上でときどき会ったりした。その後、四十六のころ、ホットスパー美崎店隣の屋台村でも会った。彼は「ホテル宮平」の重役になっていた。その都度《つど》、文集の話をしようとしたものの何故《なぜ》か躊躇《ためら》われるのだった。

そんなことなどがあって六十手前になった或《あ》る日のこと。

新聞をめくると、登野城小学校の大浜という新任校長を中心に、面影《おもかげ》のある那覇からの転校生で三学期の級長であった与儀幸治《よぎこうじ》くんと、担任だった先生の記事が載《の》っている。沖銀本店調査部の与儀さんが自宅の倉庫を整理していたとき偶然に発見して、仕事で来島したのをきっかけに連絡をとると、学校の図書館へ寄贈することになったとある。

石垣ではなく、これまた思いも寄らない意外なところからあらわれてきたものだ……。

彼は、〈はるはいいな。あたたかくて　きもちがいいなあ。　春になったら　おきなわに　かえるんだ。春はいいなあー。〉という「春」を載せていた。

「ぼくにとって与儀幸治は宮沢賢治の〝風の又三郎〟みたいだった……」ということを食品関係の

仕事を営んでいる幸豊に話していた。

新聞のことから半年後にビッチンヤマ御嶽《オン》ちかくで渡慶次賢康《とけじけんこう》先生に遇《あ》うと、「タケモト君、学校の図書館に行って読むといいよ！」笑いながら話していた。わたしだけがその文集にこだわりたびたび話をしていたというのに……こんな場合は地元にいる小学三年のときの方たちへ呼びかけ一席設けるべきではなかったかと寂しい気持ちになったものだった。

戦後間もない頃、貧しさと闘う子どもへ作文を通して実践教育を展開した無着成恭《むちゃくせいきょう》編の、文集「山びこ学級」に影響を受けた沖縄における教師たちの、ささやかな指導成果の一冊であったはずの「青空」にはこんな想い出があった。


車を降りた彼女はただきれいね、とだけ言うとすぐに乗り込む。林道を上がっていく。ゆっくり時間を掛けて此処《ここ》からしか眺められない風景を楽しみながらくねる山道をいく。今でも猪《ウムザ》は人里へ降りてくるというが、カンムリ鷲は標識だけで見かけない。木々の間から、続けざまに襲ってきた台風に傷みつけられ枯れかかっている老木の松がのぞく。山頂から下って南の展望のひらけるところまでくると、東側に観音堂近くの半島や、近くに竹富島、その後ろに黒島、新城島が、さらに波照間島が霞《かす》んで見える。小浜島の側には赤茶けた無人島の嘉弥真《かやま》島が。水平線から盛り上がって見えるだけの島々が、ここからだといくぶん立体的に眺められるのが魅力だ。鳩間島の灯台が陽に反射している。それぞれの島が、子安貝とも呼ばれている藻をまとった大小の宝貝に見えなくもない。小浜島の右にごっつい男性的な西表島が腕組みしてでんと座ったような格好で在《あ》る。海にそってたくさんの半島が入りくんで重なり合っている。そのなかでヒナイサーラ滝のある窪《くぼ》みの、鳩間島の真向かいから、船浦、上原、中野、住吉、浦内部落のある半島がいくらか突き出ている。車を停めると、半島の先端を指さし、彼女を見る。

「あそこら辺りがミナの生まれた住吉《すみよし》だな」

「そうみたい……」

「廃村になった部落にはね、野原、仲真、上原、高那、鹿川、南風見、浦内、崎山、網取があるんだが、大原、住吉、大富、豊原、浦内、中野、上原、船浦、美原などが移民の人たちによって新しく生まれているんだよ。ところが浦内、上原、中野のいわゆる上原地区自由移民の人たちの歩んできた道は、風土病のマラリアなどの悪条件のため生活は苦しかったらしいなぁ。西表といえば戦前から炭坑で知られているが、戦後になっても中野部落はアメリカ軍の採炭でいっとき栄えていたんだ」

「戦争が終わってからも石炭を採ってたわけ?」

「うん。これは、ぼくが小学四年生のころ近くに西表からタンスに使う木材を切り出してくる人が寝泊まりしていて、中学二年生だったか、ポケットから取りだした石炭を見せられたことがあったので分かる。採炭所が閉鎖されたあと、石垣や沖縄本島に引き揚げたが、残った者たちが町有地を開墾して農業に取り組む。パイナップル工場があったころはよかった。そこは宮古の多良間、沖縄本島、与那国、本土出身の人たちでなりたっている。もともと上原は西表でも古い部落で、デンサ節という民謡の発祥地ともいわれているが、マラリアのため明治の終わりごろ廃村になり、戦後の自由移民によって再建されているんだ。ミナ、移民には、計画移民と自由移民とがあって、計画移民は群島政府時代の石垣島の三部落に西表島の一部落とごく限られたものでね。自由移民の人たちは一般行政あるいは移民助成の面から計画移民とくらべギャップがあるので営農指導や基本施設面の助成を計画移民同様、徹底して欲しいと訴えていたんだ。その結果、琉球政府が助成したものは星野、伊野田、勝連、住吉を計画移民に編入したことと、崎枝へ基本施設として五百六十万円を出しただけ。群島政府時代の自由移民は石垣市だと、耕地は平均一町歩余り、竹富町は三反くらい。だから三反耕作で山仕事が主だとかいわれていた。そんなことからしても自由移民がいかに厳しかったかが分かるだろう。ミナのお父さんやお母さんもあとから入植したとはいえそれなりの苦労をしてきているんだよ」

「なんでこんなに詳しいかぁ」

「ミナと親しくなったから調べてみたんだよ」

「そっちの話を聞いていて、畑仕事の手伝いから逃げ帰って押入に隠れていたのを思い出したさぁ。四、五年のころだったかなぁ。だから姉さんもなにかあったら、お前は末っ子だったから良かったサ、ウチはこんなに色も黒くなって、アンタは色白でいいよねぇ、というんだよ。それとウチ、子どものころから好き嫌いが激しくてねえ。あれも食べないこれも食べない。で、叱られるとまた押入の中に。懐中電灯を点《つ》けてマンガ読んだりして。お母さんの見舞いに来た隣近所の叔母さんたちの一人が、アンタ、ウチの家の押入に隠れていたことがあったねぇ、と言うと、他の叔母さんからも、ウチでも猫みたいに丸くなって寝ていたのでビックリしたさぁ、と言われるので恥ずかしかった。とにかく押入がウチの隠れる場所だったり、ほっとする場所でもあったねぇ。そんなウチに呆れたのかお父さんやお母さんもなにも言わなくなったが、押入のことはしばらく直らなかった。姉さんは石垣だが、三人の兄さんたちはあちらで農業やってるさ。最近、大原経由で住吉に行ってたけど、西表はそっちが思っているより観光客が多いよ。大原からのレンタカーがどんどんバスを追い越していって賑《にぎ》やかなもんだよぉ」

「末っ子というのはこんなに歳が離れていても似通ったところがあるんだなぁ。ぼくも兄さんが工場から板切れを運んできて庭に積み上げてあるもので小屋を作って、蝋燭《ろうそく》の灯りで地図帳を見たりして寝たことなどがあった。ところが蚊が多くてたまらなくなり部屋に戻ったりしたことが。ミナほどではないかもしれないがぼくも好き嫌いが多かったなあ。豚脂《ぶたあぶら》のある三枚肉、こんにゃく、ネギ、給食ミルク、チーズ、まだあったが大人になって酒を飲むようになってだいたい食べられるようになったが豚脂はダメ。今でも三枚肉などを旨《うま》そうに食べてる人の口の端から脂が滲んでいるのを見ると気分が悪くなるなぁ」

「そっちの食べ物の話はもういいよ、こんなに顔も歪《ゆが》めて。脂じりじりはウチも気持ち悪いサ。それより住吉に家がどれくらい在《あ》るか知ってる？」

「ちょっと自信ないなあ」

「こんなのは分からんか。四十軒で、そのうちもとからの家は二十軒。若い人たちがUターンして建てたのが十軒。本土《ナイチャー》の人が十軒になっている」

「思ったより多いね。もとからの人、つまりミナのお父さんたちは何処《どこ》から来ているの」

「宮古の下地町だね」

西表にはこれまで何度か行ったことがあったが、石垣島北部地区の米原や野底のように間近に山が迫っていた。村々を繋ぐ道路が完成して便利になったがそれさえ十数年前のことで、まだ完全ではない。石垣へ向かう快速船や、島やそれぞれの部落へ向かう快速船が数隻、白い波を曳きながらはしっていく。以前、沖縄本島にいる本土の女性が、大学時代に知りあった女ともだちが宮古の人なのに、石垣だとか八重山だと言い張るので、事情でもあるのかと困ってしまった、というのを聞かされたことがあった。わたしもこれと似た経験があったので、たぶん両親が移民とかで石垣や西表に来て、そこで産まれたからなのだと話した。また産まれた場所が違っても周りの人が宮古の人だから言葉遣いは変わらないことも付け足した。その女性は沖縄本島の人がブラジル、ハワイ、ペルーとか海外へ羽ばたいて行ったことは知っていても、沖縄の離島での移民については無知だった。彼女でさえ宮古だとは言わない。ところが彼女の店に来るお客は彼女と同じ移民二世というのか、そういう宮古の人たちで賑《にぎ》わう。

去年のことだった。

西表の方のスナックで、新潟に嫁いだ友利勇の妹がバイトをしていた。わたしのことを勇から聞いていたのか、親しく話しかけてくる。そのような時期だった。勇の妹が彼女に電話をして呼び出すようになったのは。ところが彼女は自分の店で話しているように饒舌《じょうぜつ》ではなく、いつも携帯を覗《のぞ》いていてはメールを送っている。勇の妹が、どうしてわたしと知りあったのか彼女に訊ねても黙ったままで、ましてやスクのことなど話さなかった。なにを考えているのか解らない。歳が離れすぎているということはそういうものかもしれないと思いながら一時間余りを過ごして十時ごろそこの店を出ていた。

昨年の台風被害から癒《い》えないうち、今年も九月の上旬に大型台風に見舞われている。林道などから眺める山の木々は谷間のへこんだところのみ緑が残り、盛り上がった山肌の木々は潮風になぶられつづけたこともあって、葉は落ち枝先から枯れかかり白っぽい。北国の晩秋における荒涼とした風景を思わせる。松なども場所によっては火に炙《あぶ》られたようで赤茶けている。これらは再生するのかと疑うほど痛々しい。どちらも瞬間最大風速七十メートル級のうえに半径が広く中心から逸《そ》れたあとも長時間吹き荒れたという共通点があった。毎年訪れる台風には慣れっこになっていて、いつも通り過ぎると、庭の片付けや、潮風にべとついた窓ガラスをホースからの水で洗い流したりしていたのに、それが翌日になっても雨交じりの返し風がしつこく吹きまくっていた。仕事で、現在手こずっているものの合間に仕上げた方の本の中にも──長年連れ添った妻があの世に逝《い》った九月十五日は、未曾有《みぞう》の大型台風の接近で、暴風が吹き荒れ、病院以外のほとんどの家庭や公共施設までも停電、断水という状態になる。それでは遺体をともなって家にも帰れない。やむを得ず病院の霊安室で、通夜をおこなった。病院の外はますます風が吹き荒れいっこうにおさまる気配はない。告別式は三宝堂の斎場でおこなうことに。ところが新聞社は新聞を発行できないでいるとのこと。これでは関係者に知らせる告別式のお知らせさえも叶わない。どうなることやらと案じられたが、当日、九月十七日は予想を上回る弔問客の参列を賜り、感謝の極みであった──という昨年の台風の凄まじさを伝える記述があったくらいだ。

「二、三日前、入院しているお母さんが、しきりにアルバムを見たいというから西表へとりに行ったときのことさねぇ。椎《しい》の木や樫《かし》の木の実が熟しないうちに台風で吹き飛ばされて食べるものが無くなったのか、猪《カマイ》が山からうじゃうじゃ降りてきて、畑のパイナップルを食い荒らしている、と兄さんたちが話していたよ。砂糖きびはやられ、パイナップルだけはと思っていたのにこれさえも猪にやられるので農家の人はどうしたらいいのかと頭を抱えているらしいサ。罠を掛けて捕って石垣の猪料理店にどんどん送ればいいじゃないか、という人もいるらしいけどそんなに簡単にはいかないみたい」

「台風が猪による被害までもたらしているとは……」

彼岸の入りは昨日であったが、日射しはまだ強く明るい。これから日に日に昼は短くなっていく。彼女がよく店を休むのでだいじょうぶだろうかと気を遣う。ところがわたしから誘ったりすることはないので、なるべくその事にはふれないで普段どおり対応する。彼女の話によると、他のお客も心配して電話をしてくるらしく、携帯を取り出したりするのを見かけるが、いつも画面を見るだけで、パタンと閉じる。彼女と接していると、つくづく人間の縁というのを考えずにはおれない。普通ならまずこういうタイプの女とは付き合うことさえなかったに違いない。会話らしい会話がほとんどなかったからだ。酒やツマミを運んで来るときすら喋らない。二時間余りいてもわたしの傍《そば》に座ることもない。いつもカウンターの客と話している。彼女みたいな多少乱暴な言葉遣いがむしろ気さくな感じを与えるものなのか、お客は楽しそうである。わたしはビールをねだりづらい相手なのかもしれない。もしかして、金を使わせたくないと思っているのか。ということはわたしに無理をさせないように心がけているのだろうかと考えたくもなる。といってこれが毎日来て欲しいということに繋がるというのも考えづらい。やはり、ウチの店に来てなにを観察しているか、というあの日の言葉に尽きるのか。

「ミナの店って常連客が多いよね」

「だけどみんなウチのときからではない。前やってた人のお陰でもあるさぁ」

「君が始めたのじゃないのか」

「違う！」

「やはり……」

「また、なにが言いたいの？」

「いやいや、なんでもない……」

「前の人は下地町の人で三年ちかくやっていたんだが海上保安部の方とデキちゃって。彼が転勤になったので一緒に那覇へ行くことになりウチに声が掛かって。あのころ不動産事務所で働いていたので迷ったがお父さんに相談したあと、やることにしたんだよ。だから引き継いで三年目だね」

「個性的な方が多いねぇ……」

「変わってる人が多いだろ。そっちが印象に残るのはだれ？」

「初めて入ったときの、ヤギの着メロかな」

「ハーリーのころ来た人なぁ。あれはその後、二回くらいしか来ない。朝から飲んでいてヤギの鳴き声がするたびに色の黒い無精髭《ぶしょうひげ》の仕事仲間が増えていって、みんなでかなりの量を呑《の》んで酔っぱらう。アイ、半端なもんじゃないよ。だけど来るのは天気の悪い日だけ」

「土木関係の仕事だといってたよね」

「そう。おもしろいのは、いつか〈まんじゅまい〉で話したのを覚えてる？　工事現場の賄《まかな》いを探していたが、だれも見つからないので仕方なく付き合っている女を連れていったのね。ところが、ウチの店で一緒に飲んでいた髭の人夫たち七、八人と代わりばんこに寝ているのが分かったというの。人夫たちを辞めさせれば工事が遅れるし、かといって女を帰すわけにもいかないさねぇ。女がいるからみんな張り切って仕事をしている。工事現場にときどき女が鼻唄まじりでやって来ると、みんな色めき立つのでどうしたものか悩んで。やっぱり帰して別の女を探してくるべきか、といろいろ考えてはイラついているうち、足場を踏み外してしまい、とっさに身体《からだ》を支えようとした右手が体重の重みでくにゃっと曲がった瞬間、音がしたので触れてみると痛い。これはどうもまずいといって診療所でみてもらうと、右手の小指と薬指が骨折しているのではと言われたらしいのね。これが治ったと思ったら今度は胃を患ってまた入院してるサ。でも、夜になるといろいろ想像して眠れないから、朝早く病院を抜け出し一便の船で西表へ様子を見にいったりしているらしい」

「大変だねぇ……また、ときどき来るいつもズボンをはいた六十過ぎの背の低いおばさん？」

「上地のオバァな」

「そうそう、そうだった」

「上地のオバァは、なんといったぁもう、宮古島の男性民謡《うた》歌手がいるでしょ。名前は忘れたけど。その歌手の兄弟がやっている飲み屋の厨房《ちゅうぼう》でツマミをつくってる。ウチの店でおごってくれそうなお客がいるとき、ビール飲みに来ないかぁ、と言ってオバァを呼ぶサ。飲みっぷりがいいんだよ。あのオバァもいろいろあってねぇ。クリーニング店で働いていたところ、そこに入ってきた歳下の真面目なおとなしい石垣の人と巡り会って。その人が独立したいというから二人で飲まず食わず一生懸命働いて金が貯まったところで念願の店を持ったらしいの。娘も母親の苦労を知っているから仕事を手伝う。オバァの店も軌道に乗り客もかなり増えていたらしいの。そのうち旦那が腕が痺《しび》れるといって、ときどきオバアより早く店を退《ひ》けるようになったらしいのね。お客は約束した日に取りにくる。まだ仕上げてませんでは信用を失うので、オバァは晩《おそ》くまでかかっても必ず間に合わせて帰っていたらしい。高校に入った娘はテニスをやり出してから試合前に休む。ある日、旦那さんが早く帰ったあと虫の知らせと言うのか、胸騒ぎがして自転車に乗ると橋を過ぎたところの家へ急いだ。旦那の退ける日に娘も決まったようにいない。おかしいと思いつつもまさかという気持ちのほうが強かった。ドアの鍵を開け、そっと襖《ふすま》を引くと、なんと素っ裸の娘が旦那と抱き合っていたって。オバァはカッとなって切れてしまい、娘の髪を掴み、旦那から引き離すと、顔を張り飛ばし、暴れまくって泣き崩れ、後のことは憶えないと言ってたサ。翌日、旦那と娘を残して家を出たらしい。こんなことで、あんなに苦労して築き上げたオバァのクリーニング店は無くなってしまった……」

「……ぼくが団地にいたころ、同じ棟の人が奥さんの妹と今の話のような関係になってしまって、奥さんのほうが家を出て行ったなぁ。旦那さんはときどき会うと目を伏せていたのに、その妹というのが顔に似合わずふてぶてしかったのが忘れられず、今でも思い出したりするんだ」

「そっち、学校教材というところで教科書の係をしてたってホント？〈ジュン〉のママと同期の宇根さんがそっちの顔を見たときから学校教材の兄さんだと話していたから」

「そうだよ。大学を中退したあと、二十一年もいたからだいたいの人は分かるはずだよ。台風で家が崩れ、教科書が水浸しになって使えないからといって上原小学校や船浦中学校から連絡が入ったので、急いで船員に頼んで送った憶えがある。ミナも受け取ったことがあるんじゃないかな。それにしても、ミナのところの客はみんな声が大きいが、彼は特別だなぁ。竹富島で観光バスの運転をしながらガイドもしてるって？」

「竹富《テードン》の人だからよく喋るさねぇ」

「声が大きいというと、鈴ちゃんも大きいよなぁ」

「ときどきコーヒーを飲みに来る神経質な感じの客がいて、鈴ちゃんの声のことをいちいち言うもんだから、アンタはウチの店に来るなといったさサ。彼女、自律神経失調症なんだよね。脳神経外科の病院へ通いながらいろんなパンツを売って歩いてるサ。あっさ、ウチの店に一日なんかい来るか分からないよ」

「それでか……ぼくも変だなぁ、と感じてはいたさ。今入って来たかなぁ、と思ったら出て行ったりして。しばらくすると、また入ってくる。ひどいときはこれをなんども繰り返すので、ドア近くにいるぼくはガランガランがうるさいくらい」

「鈴ちゃんの声が男みたいに大きいのはいくら言ってもなおらない。それでもそっちはカウンターからあんなに離れているからいいサ。それより、そっち、海の物が好きなんだ。ウチの店で出す小ぶりのエーグヮーの塩煮《マースニー》を旨《うま》そうにつまむよねぇ。これの棘《とげ》に刺されるととっても痛いよ。背びれや腹びれ、それと尻尾の臀《しり》びれにまでも毒腺があるっていうから釣るとき気を付けないと。でも、そっちは釣りはやらないと話してたよね。だったらエーグヮーの子どもはなにか知ってるかぁ……」

「今ごろこんな話なぁ、これはいいとして。前にミナの店から出たときに、飲みに行こうと誘ってくれた人、ミナがなかなかあの人の席に来ないと、草履をとってパンパンとテーブルに打ち付けて合図する人、善一だったたか」

「いや、善太郎！　あれのお父さんは佐良浜《さらはま》出身サ。善太郎は背中に観音さまの刺青《いれずみ》があるんだよ。Tシャツを裏返しに着てたから、ウチがいうと、あいあい、と言ってトイレに入るところで着直していているときにちらっと見えたサ。この、バツ四の善太郎は下地という姓だがいつかウチの店に来てスクの話をしてた荷川取《にかどり》さん、西表のウチの家で下宿していた荷川取さんよ、あれと組んで、土地で儲けてアパート持ってるよ。気っぷがよくて優しいのに、上地のオバァとは気が合わないみたい」

「名前からしても下地と上地じゃあ反《そ》りが合わないみたいだが……」

「あだら、アンタ、ウチの客には狂《ぷ》りむんが多いと思ってるだろ。まあいいけど、とにかく最初は慣れないので大変だった。でも和《かず》ちゃんがよくやってくれてね。そっちが一度しか見たことないという和ちゃんだけど」

「いや、ついこの前も会ったので二度になる。散歩のあとだといって八時ごろ入ってきたとき、めずらしくぼくに話しかけてきた。ミナは厨房だったか。そのとき、失礼を承知で歳を訊ねたんだ。すると四十四だという。で、ぼくは、ミナはあなたより二つ下で三十八だと話していたんだが、というと、笑って、サバよんでるんじゃないのとね。その話を聞いたあと、いくらミナを四十二に見ようとしてもダメなんだ。三十八というのが頭にインプットされているから。四十二だとしたら、ミナはぼくが高校一年で東京オリンピックの年に産まれているなぁ」

「……独りでいつも大きな宝貝を撫《な》でていた和ちゃん……小さいころから何処《どこ》へ行くにも一緒でね。ウチが家を引っ越す度に和ちゃんも近くに引っ越してくるの、不思議だよ。和ちゃんは事情あって産まれた子だったのでお母さんが自分の子どもとして育てていたの。あの和ちゃん、二年前までこんなに太っていたんだよ。それが好きな人が出来たので努力して今のようになっている。そっちがあのころの写真見たらビックリするよ。主人はいるけど、今付き合っている人がいいと言ってウチに相談するから、別れればいいさぁと」

「そういう実の姉妹《きょうだい》以上の繋がりだったら、思い留《とど》まらせるのがミナの務めじゃないの？」

「なんでそっちがそんなことを言うか！」

いつものこんな調子にウンザリさせられる。


数日前、底地《スクジ》の浜に行った。

いつも遠くから眺めるばかりだったので不意に来たくなったのだった。

ところがハマグリは見当たらない。

それにいつもの場所とは違い、波打ち際の砂の下には小石があって熊手に力が入る。いつか公園食堂の主人に訊ねたとき、そこはたくさんの人に踏みしめられているから育たないはずだと言っていた。なるほど、すーっと寄せては返す穏やかな波の下にはたくさんの貝殻が見られる。それでも僅《わず》かだが、色んな模様をした薄い貝が採れはした。これが、綺麗なもので眺めるだけでも楽しい。ビキニ姿の娘《こ》たちが手のひらではしゃいでいる気さえする。いないねぇ、と言いながら移動する彼女に目を遣《や》っては、いつも採っていた遠く四阿《あずまや》辺りに視線を向ける。緑のなかに白っぽい風葬跡の岩場が際立《きわだ》つ。こうして眺めると、今立っている場所が新鮮な場所にも思われてきて妙な感じがしないでもない。〈クラゲ娘の深い情は　二匹の蛇の絡み合い　よばい　よばい　よばいぞ楽しき　一度男を掴まえたらば　放しはせぬぞ放しはせぬぞ　よばい　よばい　よばいぞ嬉しき……〉だったか、映画のエキストラとして夜のヒルギ林をおおぜいの男女たちと唄いながら飛沫《しぶき》を上げて走らされた若かったころを思い出し、懐かしい気分に浸り、北の河口に向かって歩いていると、男が仰向けになって寝ている。降りそそぐ太陽を全身に受け、浜辺の空間を独り占めしているのが羨ましくなる。そのままそっとしておいてやりたくて、ゆっくりした足どりになる。河口近くの浜は沖へ向かって半円形になっている。脛《すね》ぐらいの深さで砂浜が削られ、山からの川が蛇行している。流れらしい流れは雨の降ったときだけなのだろう。水底に落ち葉を沈ませ静止している。その先にヒルギの群生がある。潮風になんともないヒルギとはちがってモクマオウは痛々しい。それでも微かに小さな葉が枝の周りを包み始めてはいる。最近、緑内障治療のため那覇へ行っていたときのことだった。与儀公園前に差し掛かった際、コンクリート粉塵のにおいがするので、車の窓から見ると病院が解体されていた。七階なので、山のような瓦礫の上で動く鉄の爪をもった幾つかの重機がカブトムシみたいに小さく見えた。母の、子宮のポリープ摘出手術のため、ベッドの側で寝たことのある病院だった。ちょうど今から二十三年前で、三十五歳だった。手術に成功した母はその後八十六歳で、肺癌で亡くなるまでの八年間を生き延びている。

母の手術が上手くいったという嬉しさからだろうか。看護婦に頼んで、母から摘出したものを見せてはもらえないだろうかとお願いした。すると、躊躇《ためら》ったあと、ステンレス製の冷凍庫から看護婦が取りだしてきたのは、厚さ一センチ余り、幅五センチに長さ二十二センチくらいの、ビニール袋に入ったほそながい、ステーキだと二人分になる脂肪肉だった。どこにポリープがあるのかは分からないが、これだけのものを年老いた身体《からだ》の内部から切り取ってなんともないのかと驚かされる。溜め息を付いたあと、袋から取りだし、その子宮の肉片を指先でなんどもさすった。看護婦はじっとわたしを見つめていた。

そんなことさえ忘れていたが、母の中陰を済ませたころから、冷蔵庫のチルドにあるベーコンを取りだしては、指を這わせたりするようになる。夜中、冷蔵庫からの明かりを浴び、突っ立っているわたしを見た娘が妻に話したのか、いったいなにをしているのかと訝《いぶか》り、食べ物を触るのは止めるように言う。わたしは頷《うなず》いたままだった。これまでスーパーからの買い物を頼まれても、あれこれ理由を付けて行きたがらなかったのに、ついていくようになる。買い物籠を下げ牛乳や飲み物のところにいても、精肉コーナーが気になり、そこへ行き、立ち止まると、トレーに納まったステーキ用肉へラップの上から指を強く押し込みへこみの線を入れ、指先の腹をすべらすのをくり返していた。これを見た妻は顔を赤らめ、わたしの手首を掴むと俯《うつむ》いたまま歩いた。わたしたちを見た店員が不可解な顔をした。その後も妻に言われたが、十八年前の、四十三のときからのこの奇妙な性癖《せいへき》は直らなかった。

彼女から、和《かず》ちゃんを自分の子として育てたという母親のことを聞いたあとでも、ゆるく握った左の手のひらに指をそっと差し込んでは、あの、指先をすべらす行為をおこない、とても彼女の母親と比べることなどできるはずもない、わたしの母のことを思い出したりしていた。

九月の下旬近くとはいえ、もう少し観光客がいてもおかしくはない。まだ泳げるのに、やはり夏場のシーズンに限るのであろうか。

河口近くに来たとき、ヒルギ林から重たそうな羽音がして、葉のまばらなモクマオウの枯れた枝先に、カンムリ鷲がとまった。

これまでなんども見ているが、こんないいかたちで見かけるのは初めてのことである。陽光に嘴《くちばし》の黄が映える。

いつ見ても飽きない内側からの羽模様は、小雨覆羽《こさめおおいばね》、中雨覆羽《なかあめおおいばね》、小翼羽《しょうよくう》まで白と黒褐色の細かい織物のようで、初列雨覆羽《しょれつあまおおいばね》、中列雨覆羽《ちゅうれつあまおおいばね》の先端が黒、さらに初列風切羽《しょれつかぜきりばね》、次列風切羽《じれつかぜきりばね》が白と黒褐色になっていて、翼を広げたときの白い線と尾翼の白い線の二本が織りなす鮮やかな模様にはうっとりさせられる。ところがカンムリ鷲は、鷹の一種であるサシバなどと比べ高度の飛翔を得意としない。せっかくの翼を広げて上空を飛んでいるのを見たのは、砂糖きび畑での一度しかない。普段は、木から木へバサバサッと短い距離を飛んでいて、勇壮な猛禽のイメージにはほど遠い。食べ物にしても、谷川にいる蟹や蜥蜴《とかげ》、あるいは孵化したばかりの蛇などを食べている。動作も鈍く、川平の松林などではバスとよく衝突するという。戦後食糧難のころ、サシバはタンパク源として食されたものだが、このカンムリ鷲は肉にすればサシバの二倍ほどもあるから、狩猟者の餌食《えじき》になって数が減ったことだろう。事実、猟銃を持った民政官府のアメリカ人たちは子どもたちにも撃たせていたという。松の枝に止まっておれば絵になるのに、いつも、ぼんやり電柱の先端にいる。翼の綾模様を見たいために、手を叩いて、驚かせ、飛び立たせるのをくり返した。そのようなカンムリ鷲でも、目玉やするどい嘴《くちばし》の頭部を見るかぎりにおいては精悍そのものである。それに成鳥になりかけのカンムリ鷲はひときわ目を引く。鷲鷹の仲間では一番美しいだろう。幼鳥は全体的に白っぽく、頭の毛が後ろでひょいと上がっていて、貴公子みたいな品格がある。彼女が貝を採るのを思いつくまでわたしたちは石垣島を一周しながら、カンムリ鷲を見つけられるかどうかを楽しみにしていたのだった。ビーチに入ったときには気づかなかったが、入り口にある四本のココヤシの頭頂が台風のため吹き飛ばされ、幹だけのぶざまな姿をさらしている。手前の橋辺りに群生するヒルギの向こう、ホテルのベランダから男女のカップルがこちらを見ている。貝が採れないので浮かない顔をして車へ戻った彼女は入り口の低い石垣に胡座《あぐら》を組み、コミック誌を読んでいる。わたしは反対側の石垣に腰を下ろすと、タバコを喫った。

川平に来ると何時《いつ》もあることが気になるのだった。

それは公園食堂近く展望台の傍らにある、鷲の鳥節《バスヌトゥル》の歌碑だった。

鷲の鳥節は結婚式などに真っ先に謡《うた》い踊られる目出度いものであるが、これを川平こそが謡《うた》の発祥地だとするものであった。他には大川の中央市場近くに在《あ》る、あやぱにモール商店街裏の縮小された御嶽《オン》があった。昔そこいらから西の方角一帯までこんもりとした森になっていたという。元日の朝に御嶽《オン》の茂みから飛び立つ鷲の様子を見た神女《ツカサ》が即興で謡《うた》ったユンタを、後々になってある役人が三線で歌える節謡《ふしうた》にしていることから、そこが有力だとする説があったが、川平説を唱える或る人が、素早く歌碑を建立させたのだった。

その、或る人というのは、母の恋人であったという。

そのことで、わたしが子どものころから諍《いさか》いが絶えなかったので、どんな人間か見たくて高校生のころ講演を聴きにいったこともある。小太りで、顔が大きく色の浅黒い人だった。教師であった彼は母との間に女の子をもうけている。その、十七歳くらい上の種違いの姉が十年前に亡くなったとき、そこの息子が焼香に見えていた。今ではその息子も亡くなっている。母が黒島にいたのは、没落士族である両親が葉煙草《はたばこ》栽培のため、石垣から移り住んでいたからだった。彼と結婚の約束を交わしていたのに石垣島へ転勤となる。離ればなれになった島の暗い孤独な夜にも想いは恋の糸を紡ぎつづける。迎えに来るのを期待しながら幼い子どもを抱えて暮らしているときのことだった。隣の井戸から水を汲んで、二つの桶《おけ》を肩からの棒で担ぐと家に向かう。と、突然、彼が通りかかる。はっとした母は、突っ立ったまま、とうとう来てくれたのだと嬉しさがたちまち全身を駆けめぐる。

ところが違っていた。道角から現れた女を待っていたのであって、やがて母の傍《そば》から二人して寄り添い通り過ぎて行く。腹わた煮えくり返り、怒りの爆発した母は、桶を放り投げると、泣きながら遠くの海まで走ったという。結婚相手の紹介のため島に来ていたらしかった。母は騙されたのだと終生恨んでいた。それでも菅原道真《すがわらのみちざね》の和歌などを口ずさんだりしていたのは、彼への思いの表れではなかっただろうか。新聞に彼の論考などが載ると、父に隠れて読んでいた。母は亡くなるまで眼鏡なしで新聞が読めた。ところが、逆睫毛《さかまつげ》が下瞼《の》の裏に生えてちくちくするといい、毛抜きで、わたしに抜かせた。しくじって皮膚を挟むと声を張り上げ、わたしの頭をぶった。

父の目は、夜盲症だといっていたが、わたしが小学四年生のころ、次男が那覇に呼び寄せ、診《み》させたところ、手術の出来ない状態だと言われて帰ってきていたから、白内障か、あるいはわたしと同じ緑内障だったのかもしれない。希望を失ったのか、五十くらいから六十近くまで酒浸りになり、脳卒中で倒れ、下の世話を掛け、六十一歳で亡くなっている。

県外や県内という違いこそあれ、彼女の両親たちのようにわたしの親も南洋移民としてサイパンに渡っていて、戦争で二人の子どもを失い、命からがらに引き揚げて来ているのだった。

父はそのときの引き揚げ船で、宮古の人にいちゃもんをつけられ口論になったとき頭部に傷を負っている。

「ウチね、そっちが顔を見せる四年くらい前に離婚してたの。これまでの人は農協に働いていて、そっちみたいに温和《おとな》しい人だった。東京でのこともあったから結婚式はやらないことに決めてたの。彼も納得してくれてね。するとと、彼の友人たちの発案で教会《チャペル》でのあと小さなパーティーをやってくれて。ところが西表の親戚とか、両親が納得しなくて、それでもう一度全日空ホテルで大きな結婚式を挙げたのよ。小柄なウチのお父さん、新郎新婦入場のときから泣きっぱなし。鷲の鳥《バスヌトゥル》は四人の兄姉《きょうだい》が踊ってね。ウチ、二十八だったわ。幸せはいっとき。そのうち、彼が子どもを欲しがるから那覇へ行って診せてもらったりしていたんだけど。行くのがだんだんしんどくなったりして。彼のお母さんからは子どもが出来ないのはおかしい、宮古犬の腹《メークインガマ》といって子だくさんが普通なのに、とあること無いことさんざん嫌みを言われてね。ある日彼に言ったの。ウチだけ行かせてなぜアンタは診せないのってね。一緒に行こうと言っても、仕事が忙しいといって聞かなかった。というより避けてるようだったのよね。ウチは子どもを産んだこともあるのに、ウチだけが悪いみたいに彼の姉妹《きょうだい》たちまでもいうから頭に来て喧嘩になってしまって。それが切っ掛けだったみたい、離婚のね。だから二回も祝儀を包んだ人たちからは文句を言われるはめになっちゃって。別れてすぐはせいせいしていたのに、何年かすると寂しくなっていってね。結婚したときからいる小犬と押入で夜を明かしたこともあったりしたの。その度に欲しくなって指を濡らしたりして。それでウチ、自棄《やけ》になって店に来るみんなと交わってもいいような気持ちになっていたの。宇根さんから、スクの荷川取、いやこの男はよけておいて、次ぎにヤギの狩俣、刺青《いれずみ》の善太郎という順に……そんなある日、そっちがウチの前にふっと現れたというわけ」

「…………」

「ウチら、高校生のとき、クラスの友だちが妊娠すると、「ハイスクール・ララバイ」を唄ってた〈いもきんトリオ〉の写真を貼ったカンパ箱をみんなに回したりしたのよ。三、四回中絶した子もいたのに、結婚して子宝に恵まれ、今はなにも無かったような顔をしてるサ」

「ぼくらの時代からすれば考えられないことだよ。これでは勉強どころではないねぇ……」

話しかけながら、母が付き合っていたという男の息子のことを思い出していた。結婚式でのことだった。仕事のうえでの付き合いがあったので、招待していた。母からすれば戦前の四十三年も前のことであるから、わたしの都合も理解してくれるものだと考えていた。ところが違った。披露宴が終わって、会場の入り口で、招待者へお礼を述べているときだった。会釈をして帰るその男の息子を見かけると、たちまち顔色が変わった。数時間後にわたしと妻が新居に向かう前に立ち寄ると、大変な荒れようで喚きちらしていたらしかった。嫌がらせでわざとやったことでもなく、ましてやこんな目出度い日にどうして自分を抑えることができないか、とまわりのものが宥《なだ》めてもなんら効果はなかったという。あのときの母の態度を許さなかったわたしだったがこの歳になってようやく理解できるようになっている。何十年経《た》っても許せないことはあるのだということを。それにこれまでの自分のことを振り返ってみるにつけ、間違いなく、母の性格を、わたしも受け継いでいるのではと思われるふしが多々あるからだ。

あの日、島での、母の心の壊れる音がきこえてくる。

「話は変わるけど、名蔵大橋で貝がたくさん採れたというのホント?」

「だから、ミナとハマグリを採っているとき、そのことを思い出すんだ。いつか西表の方のスナックで話した高校時代の勇とも一度採ったことがあったなぁ。ビニール袋に入れるとか、こんなもんじゃなくて、大人の足の親指の爪より一回り大きかった。それを、メリケン粉袋いっぱい。嘘みたいだろう。あのころ車も無くて、まだ生活に追われているころだったから採る人も少なくて、そんなに減るということも無くってね」

彼女の話を聞いていて、気づかなかったが、カラスが飛んできて前方の枯れ木の枝に止まってわたしたちのところを見て鳴いたりしているうち、もう一羽飛んできた。どちらも前方のカーブになった草むら辺りに目を向けている。ラジオからは忘れかけていた若いころの、ビートルズの「ジュリア」が流れている。

「もっと違ったのも」

「そう、キガジョウといって大人の拳《こぶし》くらいのものが、ヒルギの根元にいた。味はそれほどでもなかったが大きいということで珍しかった。これは裂け目を入れた細竹に貝殻を挟んで杓子《しゃくし》として使ったりしていた。ぼくらの子どものころまでは、畑小屋なんかでそれをよく見かけたなぁ。シャコガイに次《つ》いで大きなものになるんじゃないかな」

「これのことだねぇ……ウチが産まれる前に願い事のために使うからといってお母さんが浦内川に採りに行ったというのを聞かされたことがあるの。そう、和《かず》ちゃんのことだった……」

「子どものころ川原山《カーラヤマ》まで行き、そこからさらに名蔵大橋まで行って。自転車に乗ってじゃないよ、歩いて。歩いて行って採ったことがあるんだ。ミナには信じられないかもしれないが。で、このキガジョウどういうふうにして採ると思う？」

「どんなにしてって、熊手じゃないなら、手で採るしかないじゃない？」

「ところが、ヒルギの群生するところは干潟《ひがた》みたいな泥になっていて、屈んで採れるもんじゃない。それで脱いだ二つの靴の紐を結んで首に掛けると、タコの足のような根の、ヒルギ林の中を歩き、足の指先の感触で採るんだ。足もとだけに目を向けながらヒルギ林を歩いているうち、一緒に来た友だちとはぐれてしまい、大きな声を出して、相手の名前を呼んだんだ。すると、相手もとおくでわたしの名を呼んでいる。ところが迷路みたいな樹林だから、お互いなかなか近づくことが出来ない。そうしているうちに木に斧を打ち付ける、規則正しい音がしてくるので、耳を澄ましながら近づいていくと、どこかのおじさんがヒルギの木を切り倒している。ヒルギは真っ直ぐ伸びていて強いので茅葺き家の垂木《たるき》として使われていたんだ。おじさんのところへ行き、事情を話すと、笑って、慌てずに此処《ここ》にいろ、と言われてね。そのうち友だちが現れたんだ。それでお互い数個のキガジョウをポケットと靴の中に入れて、夕暮れの山道をおじさんの馬車に揺られて帰ったことがあったんだ。今から考えると割に合わない話になるが、あのころの子どもはみんなあんなで、シークヮーサー採り、バンシュル（グァバァ）の実を採りにとかで、よく山に行ったもんだよ」

「足の爪先でほじくって採るというのは楽しそう。一度連れてって」

「話としてはいいが、ミナだったら帰りは文句たらたらさぁ」

「車が汚れるのはどうもねぇ」

「そんな経験があったからだろうなぁ。失業中のとき一人でいたるところの浜辺などを歩いたりしていたんだ。あれは米原の道路脇のエノキの樹の辺りから下りていった海岸だった。そこを東に向かって歩いていると、ザブンと音がしたので立ち止まったんだ。辺りを見回してもなにもいない。干潮でところどころ窪みになったところに潮溜まりがあるだけ。妙だなぁと思って、タバコを喫っていると、もう一度聞こえたんだ。音のしたところを歩いていると、直径三十センチ、長さ五十センチくらいの大きなシャコガイが窪みの中にいたんだ。それで、抱きかかえて、やっとのこと沖の深みの近くまで持っていって置いてきたんだ。それなどは恐らく台風で珊瑚から引き離されて打ち上げられたものに違いないんだ。いたんだよこんなものが浜辺近くに。旧家などに、長さ九十センチくらいのシャコガイの古い貝殻が手洗い用としてあるが、昔ならざらにいたんだろうね。ぼくの家の庭にも四十五センチのものがあるくらいだから」

「そっちと話してると、ウチのお父さんより歳とってるみたい。八重山のことならなんでも知ってるって感じ。そっちは自分の島のことがだれよりも好きなんだろうねぇ。そこが他の人と違うところかもね」

「好きだということは嫌いになることでもあるから……」

シャコガイのことから、不意に或る友だちの話したことを思い出す。独身で立派な体格をした若者が漁をしていると、それほど深くない珊瑚の岩場にシャコガイが。そのシャコガイ、太陽の光を受けて女陰そっくりに口を広げている。これが穴まである。たちまち興奮してしまい、下腹部を押し当てたとたん口が閉まり、性器を切断された若者は血の花を咲かせて海面をのたうちまわり死んでしまったという。この、与那国での話が四十年経《た》った今でもゾクっとした鮮やかな感じで蘇り、身体じゅうの血が抜かれるような気がする。口の開いたシャコガイを見たことのある人なら、眉唾《まゆつば》な話として片づけないだろう。見るたびに余りにも似ているので溜め息を付く。一人の場合だとわたしでさえ吸い寄せられ勃起をもよおすくらいだったからだ。

シャコガイは見るのも好きだが、食べるのも好きだった。

「居酒屋なんかで、小さなシャコガイ一、二個分の身で千円くらいだからねぇ。宇根さんが話していたけど、或る飲み屋でたくさん出すところがあって、これって、フィリピンから入ってくるみたいね。そのままだとワシントン条約に引っ掛かるので、パイという腐食を妨げる液に浸した中身を一斗缶に詰め込み、加工食品として送られてくるらしいの。歯触りと味は生のものにはほど遠いけど、それでも、むかし出回った塩漬けのものよりはずっといいという感じ。殻はまた別の名目で送るのかしら。本土の娘《こ》なんかがお土産店の前で、漂白された貝殻を耳に当てて、潮騒が聴こえてくるみたいと呟《つぶや》いているさぁ」

七年前のことだった。

友だちに誘われてなんどか立ち寄ったことのあるスナックの女が、雇われママで店をやることになったので通うこととなった。女はわたしが早い時間に飲んで早い時間に切り上げるのを分かっていたから、客にしたいため、無理して六時ごろから店を開けることにしたのだった。大して親しくもないのに時間になると電話をしてきて、愛人みたいに「なにがいい?」とツマミの話をしてくる。わざとシャコガイだと応《こた》えた。すると女は中央市場とか気象台近くの漁師《ウミンチュー》の奥さんが営んでいる刺身屋さんから求めてきてくれる。そんなことで、いい気分で毎日のように飲んでいた。ほろ酔いになって帰るころから、一人二人とやって来て八つのカウンターは埋まる。客たちの様子をわたしはカウンターの端っこの席でさり気なく観察していた。それで女がみんなと交わっているのを知る。そのうちの一人、ホテル日航の総務部に働いている男が本命だった。そういうことはどうでもよかったが、男は店の終わる二時まで待っていてそれから二人で飲みに行って帰るのは四時過ぎだという。信じられないので仕事はどうなっているのか女に訊《たず》ねると、五時に仕事が終わると、十時まで眠ってから来るのだということだった。そこまでやって関係をもつくらい価値のある女だろうかと考えるが、単身赴任者にとっては苦ではなくむしろ楽しいことなのかも知れなかった。女は男が転勤したあと、身籠もったこともあって、男のもとへ駆けつけたが、奥さんとお母さんから軽くあしらわれ、ウィークリー・マンションに泊まって、お産をすませる。手持ちの金はたちまち底をつく。男は出向で都内のホテル勤務となり石垣にいたときの自由は利かない。慣れない仕事に疲れ老けるいっぽうで頭も薄くなり、あのころの姿は見る影もなく、おまけに性的不能にまでなり果ててしまったというのを、ぐずる女の赤ちゃんをあやしながらやつれた顔でこんこんと語っていた。女は訛《なま》りの強い言葉で、客の来るまでの退屈な時間がわたしのお陰で楽しかったことへの礼を述べると、「どぉ、今度機会があったら誘ってくれない？　アンタ、あたしのあちらが凄いってこと知らないでしょ」と言って、わたしの仕事場から帰っていった。毎日シャコガイを出してくれた池間島の女とはこんなことがあった。

「……シャコガイはギィーラっていうでしょ。善太郎が言ってたけど石垣や西表では女のあちらのこともそういうらしいよねぇ」

「そうだなぁ。だからぼくも前から考えていたんだが、口を開いた形がまったくギィーラに似ているからそのように呼ぶようになったのだろうなぁ。ただ、沖縄本島ではアジケーというんだが、奄美ではミナといってやはり女陰のことをさすらしい」

「ミナって？　ウチの名前と同じじゃない」

「そうだね……このシャコガイだが、ぼくらが採ってる貝の、小指くらいのときからすでに大きなものと変わらない形をしてて可愛いもんだよ。シャコガイの口の縁がぎざぎざに、あぜっているので、本島ではアザカイ、アガザイ、アジケーなどと呼ばれていて、国頭村《くにがみ》などの或る村では昔から、妖怪《マジムン》のでる屋敷があると、その家の門口に、木片を挟んで半開きにしたシャコガイを上向きにして埋めたというんだ。これはあのキジムナーなんかとは関係ないのかな。いずれにしてもシャコガイの殻が魔除けの呪具《じゅぐ》として用いられていたというのは興味深いことだなぁ」

今では信じられないが、若かったころ、川平湾の展望台から臨《のぞ》む小島手前や湾の入り口辺りで採ったものだった。ところがシャコガイを食べる人は多い。そんなことでしだいに減ってきたので、県の水産海洋センター石垣支所がサンゴの岩などに植え付けをしている。

いつか、二人で採ったハマグリを彼女が車に積んだまま忘れ、翌日の昼過ぎになって慌てて取りだしたところ臭っていたので捨てたと言った。そのときわたしは彼女へ向かって、人間に食べられるために採られる生き物の生命《いのち》をなんと心得ているんだ、と怒鳴り散らしたのだった。彼女はその日に限って、わたしの視線の重みに耐えきれないかのように、がくりとうなだれ黙ったままだった。

彼女と話し続けているうち、いつのまにか一時間が過ぎていた。

太陽は傾き、海は銀色に変化して、目の前の離島の島々は黒っぽいものとなっている。

六月の初めごろ住吉のちかくに沈んでいったものがかなり左寄りになり、今では西表の山並み上空にある。彼女のお母さんが和《かず》ちゃんのためにキガジョウを採りに行っていたと話していたとき、ふと思い出したことがあって、それが気になっていた。わたしが小学三四年生のころからドゥスヌやヤラブといった木材を切り出してくる、腰に鉈《なた》を下げた西表の毛深い大男がいた。石炭を見せてくれたのもその男だった。男が木材を運んで来た日の夜は兄や父と一緒に酒盛りをしていた。わたしは年に一、二度やって来る男の話を近くで聞くのが楽しみだった。男は酔うと、西表の山は百年切り倒しても減らないくらいの大木が沢山あって、今は持ち運びやすいところから、取っていて、もっと必要なら何時でも仲間《シンカ》を集められるから心配ない、と言っては次回の手づけ金を受け取っていた。大きな猪《カマイ》のことや、豹のようなヤマピカリヤー、山猫のこと、炭坑での人繰《ひとぐ》りの暴力とか、色んな話をしていたが、わたしの記憶に残っているものにこんなものがあった。

確か中野部落でのことと記憶している。

住吉近くの中野には、多良間島の人たちもいたという。薄暗くなった浦内川の河口からヒルギ林を一人の小柄な中年女が歩いているので、どうしたのかと訊ねた。すると女性は俯《うつむ》いたまま、貝を探しているのだと応《こた》える。ところが意外なことに一度も採ったことはないという。それで一緒に探しながらなんとか採ってあげたらしい。男は別れ際にキガジョウの中身はそれほど旨《うま》いものではないよと教えるのではなくて、神女《ツカサ》が願い事《ニンガイグト》に使うのだという。女は近くの住吉に住んでいることを話したあと、中野に親の代にお世話になった多良間からの夫婦が来ていたのだが、十年前に主人が亡くなり生活に困り果てていると、近くの部落の男たちがその人に食べ物を与えて助けてくれるのはいいが、必ず夜を共にしていく。それで子どもが産まれると産婆さんにお願いして処理してもらっていたが、年老いてきた産婆からもう自分で考えなさい、と言われたらしく、今度の子はまだ生きているという。それで五人も六人も同じなので自分が引き取って育てることになり、畑仕事の帰りにキガジョウを採りに来たのだという。

毛深い大男は最近のことだと言った。

わたしはそのとき中学二年にもなっていたが、西表の鬱蒼《うっそう》としたジャングルや子どものころからのキガジョウという名に妖しい特別な響きを感じていた。それと、母は自らの半生の不幸を呪うかのように、お前は道端に棄てられていたのを拾ってきて育ててやっているのに、とくり返し言ってはわたしを虐待していたので、西表の風葬跡や大きなシャコガイの殻に入れられ泣き疲れたあと息を引き取り、やがて風に曝《さら》され白骨化していく赤ん坊の様子と、夕暮れのヒルギ林でキガジョウを採っていたという女のことが一つになり機会あるごとに浮かび上がってくるのだった。

太陽が木々のあいだから射し込んで右目がちかちかしてくるので、サンバイザーをおろす。

林道脇の斜面からほっそり伸びている貧弱なパパイヤの幹にいくつかまるっこい実がなっている。

「オバさんたちが言ってたけど、こんな山の、野生の、まんじゅまいは味はいいらしいなぁ」

彼女に目配せをしたあと、車のエンジンをかける。

「そうさ、小さくても、もともとの、あんなのがいいサ」

カラスのいなくなった前方の枯れ木に目を遣《や》ったあと、車を走らせカーブを切ったときだった。

数羽のカラスが飛び立ったが、二羽は左よりの道路脇にいる。

はっとしてブレーキを踏んだ。

クイナの死骸の腹部あたりをカラスが盛んに突っついている。彼女は手で口元を覆《おお》ったままじっと見ている。クラクションを鳴らしても食いつくのに夢中になっている。車から下りると、手を叩き、シー、シーと声を出して追い払う。腸《はらわた》をくわえたカラスが飛んでいく。首筋から胸にかけて白のクイナは車の前を横切って行くときなど愛嬌がある。からだつきが彼女に似ているので、これまでクイナに出会うと、「うりうり、ミナちゃんよぉ、こんなに急いで何処《どこ》行くのかなぁ、どうせこっちのミナちゃんみたいに翔《と》べないくせに」とからかっていた。そういうこともあって彼女もいつのまにかクイナを自分の分身と考えているふしがあったので、轢《ひ》きそうになると「ウチを殺すつもりか！」と怒ったりしたのだった。フロントガラスから彼女の姿が見えるものの反射光で遮られ表情までは読みとれない。わたしはシロハラクイナの白い毛並みを指先でなんどかなぞり、だらんとなったながい首と脚を両手でつまんでアスファルトから剥《は》がしたあと、道路脇の岩場の辺りで掻きむしった草を被せ、平たい石で押さえると車に戻った。しばらく無言のまま車を走らせていると、半島一周道路が木々の間から見え始めたとき、彼女がぽつりと呟《つぶや》いた。

「そっちがウチから離れていくみたい……」

「そんなことは……」

「だったらなぜ電話しない！　だから八重山《エーマ》ヒジュルーといわれるんだよ」

「どうしてこんなことをいちいち言うの？　冷《ヒ》たい《ジュルー》人でもなく、ミナみたいに熱い人というわけでもない。ぼくはぼくなりに考えてのことだから」

「ずっと考えておればいいサ……」

彼女のトゲある威嚇《いかく》的な言葉に島を襲った大型台風前の、足の速い台風の夜が甦《よみがえ》る。あまり飲めないのでこれ以上座っていてもしょうがないからと〈まんじゅまい〉を出たが、まだ雨が降っていた。建物の角から強風が吹きつけてくる。横殴りの雨が顔を打つ。傘は役に立たないのでそのまま走る。

彼女はわたしをマンション一階の駐車場へと手を引き、ここで待っておれな、と語気を強めて言うと雨の中を走っていった。

風は激しくなっている。

こういうところでの雨宿りは時間が長く感じられる。

何本目かのタバコに火を点《つ》けようとしたときだった。暗がりから雨を浮き立たせるヘッドライトが射し、スカイ・ブルーの乗用車が停《と》まるとクラクションが鳴った。忙しく作動するワイパーからハンドルを握った彼女が見える。戸惑ったが車へとすべり込んだ。どこの酒場も営業を続けている。店を出ようとする客がドアの隙間から顔を出しては引っ込める。すると、どっとあふれ出るカラオケの音響がわずかに開いた運転席のドアから聴こえてくる。波状的に風に押し流される雨が霧のようになってながれていく。対向車のライトに、路面の雨が風に叩きつけられけむりみたいにはいってきえる。右へ曲がって走らせる。十字路にさしかかったとき、ビルの谷間から吹きつけてくる雨交じりの突風で車がぐらっとする。街路樹のヤエヤマヤシがせわしくゆれる。長田大翁主《ナータフウジィ》という昔の頭職の墓や幾つかの交差点を通り過ぎ、信号を渡って橋に差し掛かる。雨の打ち付けるウィンドウから、水嵩の増した濁流が川縁の草木を呑み込みながら勢いよくながれているのが見える。飛ばされてきたデイゴの葉がワイパーに引っ掛かったまま風にずれ落ちていく。病院を通り過ぎる。道路脇の砂糖きびの葉が渦巻くように激しくゆれている。前方を横切っていく車のライトに辺りの木々の茂りが風雨のなかに浮かび上がる。車は左へ曲がって走る。風が砂糖きび畑を吹きわたる。砂糖きび畑の途切れたところにある牛小屋の剥がれかかったトタンが音を立てる。小さな橋では上流からの水が溢れ、通り過ぎると前方車輪からの泥水がザーッと翼をつくる。砂糖きび向こうの高台から車が下ってくる。その明かりで木々の揺れが見える。車が前方ヒラタバルの田んぼ水面をしろっぽく照らす。彼女は濡れた髪を肩のうしろへ押しやりハンドルを右に切ると、ギアを切り替える。車は坂を上がっていく。バンナー岳《だけ》からの吹き下ろしの一撃が車に当たって一瞬停《と》まったように速度が鈍る。フロントガラスに固い枯れ木の断面でも当たれば、たちまちのうちに風でルーフはぱんぱんに膨らみ、宙にとび、回転して道路脇の田んぼ跡へ放り投げられるに違いない。雨風の向こうに枝振りのいい大きな松がときおりぶおっと吹き上げられる。彼女は黙ったままハンドルを右に切る。路上の鳳凰木《ほうおうぼく》の枝が風に転がる。松林からカーブを二つ、急な坂を上がっていく。しばらくいくと山の背のゆるやかな名蔵湾からの気流と東からの気流の交わるところにくる。この辺りは普段なら霧がわきたつところだ。ばばっと左や右からのフックにぐらつく。葉の飛ばされた蔓アダンが木の幹からくねっては大蛇みたいに鎌首をもたげる。白い花をつけるエゴの木が強風にしなる。展望台に近づく。ハンドルを強く握った彼女はただ前方を見つめたままでわたしへ視線すら向けない。坂を上りきった車は下りに入る。車は風に煽られながら木の葉の張り付いた路面を滑っていく。彼女にスピードを落とすように言うが、聞いているのかどうかさらにアクセルを踏む。車は風の中を唸り声を上げる獣のように突っ切っていく。わたしは汗ばむ手でグリップを強く握り締め、左足に力を込める。ここいらあたりは直線になっている。上空からの風と東側の平野から山肌を吹き上げてくる風が渦巻いている。突然、どどどっとした音に車がふわっと宙に浮いて激しくバウンドしたとき、彼女が急ブレーキを踏む。車は右前方にスリップして半回転したあと停まった。

「オイ！　お前、ぼくを殺すつもりか！　どうしてこんな恐ろしい運転をするんだ！」

「死ねばいいさ！　なんで踊る‼　あんな女のどこがいい‼」

「えっ、そんなことまで言われる筋合いはない！」

「あ、そう。一人でいい気になっておればァ……このことまではいい！　そっちの奥さんは三年前に乳癌で亡くなっているって宇根さんから聞かされているのにウチが部屋に誘ってもなんやかんやこじつけて来てくれないじゃない、どうして？　宮古人だからカ‼　じゃあウチの気持ちはどうなるカ！　こんなだったらウチの店に来るな‼」シートベルトを外した彼女がドアハンドルに手を掛けたとたん、蝶番《ちょうつがい》が折れんばかりにドアが開き、雨交じりの風がどどっと入ってきて頭上がぼこっぼこっと鳴る。サイドポケットに差し込んでいたチラシや書類がたちまち風に飛ばされていく。片足を外に出した彼女の腕を掴む。腕を振りほどこうとしたが敵《かな》わないので、手首を咬んで飛び出す。ビックリして手を引っ込めたあと、外へ出ようとするが風圧でドアが開かない。ハンドルを掴み、盛り上がったシフトレバーやコンソールから、シートを越え、半身を出して探す。近くに彼女は見当たらない。巻き返し風のためドアに挟まれる。痛みをこらえ声を振り絞って彼女の名を叫ぶ。

と、サクラの木に引っ掛かって助けを求める彼女がいる。パーキングエリアの彼女のところへ走った。とたん、突風に吹き飛ばされ転がる。木の葉が顔に張り付く。呻き声とも悲鳴ともつかないいくつもの音が重なり合ってとどろく。両手をつき、頭をかがめ、彼女のところまで近づくと、木の根元に手や足を絡ませている彼女に抱きつき、ズボンから引き抜いたベルトを彼女の腹部に回して止め、離れないように下から腕を通し、声を掛け合いながら地べたを這ってやっとのこと車までたどり着くと、彼女を押し込んだ。風の合間を狙ってなんとかドアを閉めたあと、西側のパーキングエリアへ車を移動した。無謀な行動をとった彼女を張り飛ばしたい気持ちで睨《にら》んだが、怒る気力さえなくしていた。額と腕に傷を負った彼女はべそをかき上目遣《うわめづか》いでわたしを見つめたあと泣きじゃくった。服を脱ぎ、車のヒーターを入れ、冷えた身体《からだ》を暖め合った。風はますます強くなって吹き荒れていくのにわたしと彼女は深い夜の底へと沈んでいくみたいだ。どれくらい経《た》っただろうか、近くの、テーブルサンゴの上にシャコガイが口を開けている。海上から金色の光りの条《すじ》が大きなシャコガイに降りそそいでいる。恐る恐る近づいていくと、あの、子どものころの、隣の家の姉さんがシャコガイの中からむくっと半身を起こすと抜け出て泳ぎだす。じっと見ているとその姉さんがたちまち人魚になっていく。あのころより綺麗になった姉さんはわたしの周りをくるくる泳いでは手招きをする。姉さんのあとから色とりどりのサンゴの茂みを泳いでいると、遠く波の押し寄せる音がしてきて、たちまち何千何億というスクが光りの粒子のように輝きを放ち巨《おお》きな塊《かたまり》となってきて姉さんを覆い尽くして去っていった。姉さんのことが心配でサンゴの隙間から覗《のぞ》くと、なんと、透明になった輝く姉さんのからだの中にたくさんのスクがちかちか輝きながら泳いでいるではないか。姉さんは笑顔を向けると、くるりと旋回してきてわたしのおでこにキスしたあとウインクすると、やがて遠いところへと去っていった。わたしはいつまでも姉さんに手を振っていた。しばらく姉さんとの不思議な出会いに浸っていて我に返ると、いつのまにかわたしは透明になった彼女の身体のなかにいた。

彼女から投げかけられた乱暴な言葉が、胸に深く突き刺さっていた。

わたしのなかで巣くっている慢性的な痛みが、ふたたび疼きだすのを感じた。焼けた砂浜を引きずりまわされたかのように弱々しく喘《あえ》ぐ、あの日の、あの夜の、窪んだ目からのかぼそい光がいつまでも脳裏から消えない。

妻のことだった。

南洋桜の咲き乱れるころ、サイパン墓参を兼ねたインド旅行からの帰り、三ヵ月に一度の検査のため妻は那覇東クリニックへ。

わたしは出発のときカバンに入れていたエリック・シーガルの『ラブ・ストーリー（ある愛の詩《うた》）』をめくっていた。妻と知りあったころ、二人で回し読みしたものだった。書き出しの、〈どう言ったらいいのだろう、二十五の若さで死んだ女のことを。彼女は美しく、そのうえ聡明だった。彼女が愛していたもの、それはモーツァルトとバッハ、そしてビートルズ。それにぼく。〉というフレーズを、オリバーやジェニーになりきって、照れながら掛け合ったものだった。いくらか余裕のようなものがあったのだろうか。出会ったころの感傷に浸り、待合室で缶コーヒーを飲みつつページをめくっていた。と、四時過ぎごろ、泣き腫《は》らした目をした妻が駆け寄ってきて、わたしにすがりつくと人目をはばからず大きな声で泣き出す。頭の中をさまざまなことが駆けめぐったが、妻が切り出すまでじっと耐えていた。やがて妻は話し始める。癌《がん》が肺に転移しているのだという。わたしたちは最終便で帰る予定をキャンセルして再び病院へ。医師のアドバイスを受け、さっそく中部にある沖縄国立療養所へ入院。左の乳房を失った乳癌手術から、二年四ヵ月が経過していた。

抗癌剤を服用しながら定期診断を受けていた妻だったが、とうとう力尽き、あの世へと逝《い》ってしまったのだった。

台風あとの、豊年祭のころだった。

彼女が帰りまぎわに、ハワイからの珈琲《コーヒー》があるので飲まないかと囁《ささや》く。コーヒーにかけては目がない方だった。それも酒場から帰って寝る前からでも飲むというくらい。彼女の好意に甘んじることとして待っていたが、いっこうに淹《い》れようとする気配はない。そのうちお客は帰り一人になってしまった。普通の酒場だとこんなことはあり得ない。彼女のところが八時半までで九時には閉まるからだ。で、「珈琲忘れてない？」と訊《たず》ねると、笑ったあと、店には置いてなくて家にあるのだといい、しきりに自分の家へと誘う。心の中で、此奴《こいつ》よくも騙《だま》したな、とつぶやきながらも店の前に駐《と》めてある車に乗り込む。八島町を越えたバイパス沿いの、ドライブイン手前から左手に入って車は止まった。周りをギンネム林に囲まれたところの高い四本脚の柱の上に、二十五坪ほどのまだ新しい赤瓦の家が乗っかかっている。車庫代わりの一階に車を入れると、わたしの手を引き、二階へと階段を上がる。丁寧《ていねい》に造られているタイル張りの家で、周囲にベランダを巡らせてある。辺りに建物が建っていないせいか、どこからでも風景が眺められる。アダンやユウナが茂っていたところだったが、空港へ抜けるバイパスが十五年前に出来たことからアパートやマンションなどが建ち始めている。玄関近く隅っこのベランダに佇《たたず》み、八島漁港からのびている蒲葵《クバ》並木をひっきりなしに行き交う車を見ていると、玄関ドアを開けたまま立っている彼女にさそわれ入った。チーク材の床板で、ダイニングキッチンから広めのリビングが見えるL字型になっている。テレビの前のソファに腰掛ける。すると待っててというと、浴室に入ったのかシャワーの音がする。テレビを点《つ》けたところ、どちらも似たバラエティ番組だったので、南の窓からベランダに出た。外灯の向こうに白波を立てている海が横たわっている。遠くから礁鳴《ピーナル》りがしてくる。子どものころ環礁に打ち砕ける音が村まで押し寄せてくると天気がくずれるのだと近所の大人たちが話していた。重々しく威嚇する、遠い海の声だった。それが五十年後には高い家が建ち、車が増え、それに家電、エアコン室外機の音などでまったくとどかなくなっていて、今や護岸近くまで行かないと聴けない。そのうち彼女が耳の裏に擦り込んだ心地よい香水のジャスミンが鼻腔を刺激してきて、紫、黄、薄茶、白、赤むらさき斑《まだら》という一つ一つがうるんだ光沢を放つ宝貝の首飾りに透《す》けたネグリジェを着けて、ワインの入ったポートグラスを持って傍らに立っている。「ハワイからの珈琲はどうなったの」と訊《き》くも、「それもいいけどワインにしない？」と応《こた》える。なにやら何時《いつ》もと違って上品な言葉遣い。ワインなら泡盛の後でもいくらかいけた。ソファに身体を沈め、ワインを飲みながらテレビを観て語り合う。クーラーの効き始めた部屋に窓からの海風がブライダルベールのようなレースカーテンをだれか泳いででもいるかのようにゆらしている。ワインを一本空けると、彼女は吊りカーテンを閉め、天井のシャンデリアの明かりを消し、ソファちかくのフロアランプだけにする。わたしたちのところだけぼんやり明かりに包まれる。あの夜の、葉の隙間から垂れ下がった大きな花房、雫《しずく》を滴らせ咲いていた鳳凰木がよみがえる。外した首飾りを左手首に幾重にも巻き付けて身体を凭《もた》せかけると両腕を腰にまわす。シャツの裾《すそ》をズボンから引っぱりだそうとする彼女の手を止める。彼女は首をそらしてわたしを見、ネグリジェを肩からずり落とした。ふたたびシャツの裾をズボンから引き抜き、てぎわよくファスナーを下ろしバンドをはずす。背中に舌先を這わせたあと、唇にわって入り、舌先をからませる。熱い吐息に顔が火照ってくる。硬くなっていくそこの男を感じたい顔になっている。欲しいものを手に入れたいと願っている。心臓が高鳴り、指先を血が駆けめぐる。パンティーを太腿にそって引きずりおろす。よく手入れされた恥毛が目に入る。わたしにまたがる彼女。華奢《きゃしゃ》なからだにちいさいきれいな乳房がゆれる。目の前に吸いつきたくなる大粒の乳首がある。彼女の手がわたしの股間のものをとらえる。とたん、ペニスを包み込むつるっとした感触。ゆっくり甘くゆらす腰つきにペニスが隠れてはあらわれる。快感の渦が全身に拡がる。喘ぎの合間にもらす彼女の笑い声には、若いころに聞き覚えた娘っぽい艶《つや》が残っていた。

彼女との一夜から数日後にふたたび誘われる。

階段を上がって、玄関の前に立っていたが、彼女が来るまでベランダの北西角へ行く。暗がりに薄墨《うすずみ》で描《か》いたようなバンナー岳《だけ》が浮かび上がっていて、その頂《いただ》きにある通信塔の赤いランプが点滅している。近くには仕事を辞めて引きこもっていたころに建った赤瓦の団地がデコレーションケーキみたいに浮かび上がっている。その隙間にライトアップされたスーパーがひときわ明るい。これまで在《あ》ったスーパーが、トゥバラーマのナカドゥ道を越えたところへ移転して、がらんどうになっていたところ、現在のスーパーがリニューアルして入ったため、生まれ変わっている。二十四時間営業なので辺りは煌々《こうこう》としている。そこの東、刺身屋さんの近くにわたしの家が木々に囲まれて在る。中学生のころから兄の工場で親しんでいた島材のヤラブの実を塀沿いに蒔《ま》いたのが芽を出し、大きく成長した。その木にブーゲンビリアを這わせた。根の強い蔓《つる》性のブーゲンビリアは木々を覆い尽くしていき、まぶしいほど鮮やかな赤をくりひろげる。

白のコンクリート二階建てが燃える色に包まれているかのような映《は》え方だった。

それを、妻が死んだ日にすべて刈り取らせた。

葬儀を終えた一週間ごろから、深夜になると、こっそり車庫から車をだし、空港ちかくでパトカーがいないことを確認するとスピードを上げる。白保を過ぎたところからさらにアクセルを踏み込む。耳になじんだ唸りをあげる。時速九十キロ。伊野田のあたりで百十五キロを超える。対向車線をはみだしながら進みはじめ、クラクションを無視し、かろうじて衝突を避けては自分の車線に無事もどるということを、ゴーストである妻を乗せ、なんども繰り返した。正面衝突がいま抱えている悲しみをすべて片づけてくれるように思えた。怖くはなかった。だが、いつも、間一髪の脱出をくり返し、半透明のゴーストがその事態を起こさせなかった。

始めの乳癌手術を終えたあと、満月の夜になるといつも二人でアコゥ樹の辺り真栄里や平得の村中、あるいは浜辺などを歩いた。三線《サンシン》を弾いた祖父や父親の代から変わることのない月明かりだった。「ぼくが歩けば影も歩き、ぼくが止まれば影も止まるから影とぼくとは一つ。つまりこれはぼくたちみたいなものだな」というと、寄り添って両手でわたしの腕を握りながら歩いていた妻は一瞬立ち止まり、わたしを見上げるとくすっと笑った。月に照らされ過去の甘い夢に浸っていたその顔を今でも思い出す。

妻とは、川平の映画ロケでの、エキストラで知りあった。

信じられないほど美しい瞳を見た瞬間、心臓は止まりそうになり、息はできなくなり、立っているのがやっとだった。

わたしはたちまち恋に落ちた。

それからというもの、昼も夜も心の隅がちらちら燃えているような感覚に悩まされた。

妖精の話や、わたしの好きな、ビートルズの「ヘイ・ジュード」をハミングするピアノの上手いお嬢さん育ちの娘《こ》だった。

わたしたちには長いあいだそれらしきことはなかった。

しいて言えば頬に軽いキスをすることくらいだった。

それだけで、不思議なくらい満たされていたのに、そのうち、窓に映る月を、大きく見開いた目で眺め、胸のなかのゆらめく炎に深い溜め息をついたり眠れぬ夜を過ごすようになっていった。

ヒルギ林近く、池のほとり、大きなサガリ花の木陰で、撮影スタッフのメンバーから借りたホイットマンの詩集にある海のものを読み、子どものころのスクの姉さんを思い出しては、ときおり風に吹かれて水面を漂う夜に咲いて夜に散る薄紅色のほのかな芳香を放つやわらかい花々のむらを眺め、水でできた心臓みたいに静かに規則的に脈打つさざ波の音を聴きながら愛をささやきあっていた。

携帯《ケータイ》をかけていたのか、遅れてやって来た彼女に目を向けると一緒に入る。

このところ、旧暦の三月三日に姿を現す大礁原の八重干瀬《ヤビシ》へ宮古の池間島から船に乗って潮狩りに行ったとき深みにはまったことや、気根を垂らしたガジュマルの老木ちかく、腐臭を放つ、山となった色とりどりの魚の上で奇声を発してぴょんぴょん跳び回っているキジムナーへシャコガイの殻を投げつけて追い払ったり、病に苦しんでいるかのようにのたうちまわる海からの強い風に吹かれ、標本箱からこぼれ落ちた貝を、よたよたした足どりで踏んではよろけて前につんのめったりして、毒のあるエーグヮーの棘に刺されてずきんずきんする手首をさすっては、しだいに暗くなっていく闇夜のなか手探りであてどなくさまよう断片的な夢をたびたびみるのを気にしながら寝室のやわらかいベッドに横たわる。

もう、数年も経《た》つ。わたしの覚えている萎んで肉の落ちた皮膚の感触からすれば、彼女の健康な身体は脂がのってすべすべとなめらかである。このみずみずしい魅力から離れられなかった。

着替えてきた彼女を抱き寄せる。

いつかの香りとおなじものがただよってきて、左の乳房を、尻を、下着を、それを脱がせたあの貝のすれあう夜の様子が浮かび、乳房を揉《も》んでは人差し指と中指の間に乳首を挟み、親指の腹で指の間から突き出た乳頭をやさしく刺激する。喘ぎ声をもらし、熱い身体をくねらせる下腹部に手をもっていき、ぐっしょり濡れて膨らんだ襞《ひだ》に指先をすべらせていると、チャイムがひっきりなしに鳴る。彼女に出るようにいうが、家を間違っているんじゃない、といい取り合わない。

すると今度はベランダの辺りを行ったり来たりする足音がする。終いには寝室辺りの窓をコツコツ叩く音に、飛び起きて玄関に行こうとするわたしの腕を掴み、唇に人差し指を当てる。

彼女は近くにおかしな人がいてときどきこういう行為をするのだという。ところが彼女の名を呼んでいるような気さえする。鈴ちゃんか、和《かず》ちゃんだろうか。寝室から出たわたしはソファでタバコを喫いながらドアの隙間から彼女に視線を向けるが、笑ったあと寝返りを打って、そのまま寝入ってしまった。

どんな夢を拾い上げようとしているのか、片手をベッドの端からたらして寝息をたてている。

壁に掛かった時計がかちかちと大きな音で時を刻んでいた。

そんなことのあった翌日だった。

暗い夜空を雲が低く飛ぶように流れていく。

彼女と車から降りて、階段のところに行こうとすると、明かりが点《つ》いていて、レースのカーテン越しに上半身裸の男がテレビ近くをうろついているので、「ミナ、だれかいるけど……」と彼女に言うと、しばらく黙っていたが、「もしかして隣の精神異常者かも……」と応《こた》え、直ぐさま携帯から一一〇番へ電話する。近くをパトロールしていたのか、五分と待たずにパトカーが来た。彼女は警察官に事情を説明すると、車庫に停《と》めてある車に入ってマドンナのＣＤを聴いている。しかもかなりのボリュームで。警察官はわたしを隣人だと思ったのか、そのまま階段を上がっていく。ドアを開けた警察官の肩越しに、腹の出た男が突っ立っている。警察官が不法侵入でしょっ引こうとすると「なに、俺を逮捕するって？　なにかの間違いだろう。此処《ここ》は俺の家でもあるのに……」と、抑えつけたような低い笑い声を洩らして応える男に、警察官は相手にせず家主から通報があったことを告げる。男の声がどこかで聞いたような感じだったので、二人の警察官の間から再び見て、吃驚《びっくり》した。いつか彼女の店で会ったことのあるスクの話をしていた建設業の荷川取《にかどり》だった。警察官は「詳しいことは署で聞きましょう。とりあえず着替えて下さい」と告げるが、「お前ら俺をどうするつもりか！」と声を荒げて刃向かおうとするので、警察官は手錠を掛ける。「なにをするんだ！　罪人扱いして！　これでも俺はれっきとした会社のトップだぞ!!」と、手錠をはずそうともがき、なおも乱暴な物言いで突っかかってくるので、階段を引きずられ、下着姿のままパトカーに押し込められる荷川取がわたしを見ると目を剥《む》き、「ミナ!!　ミナ!!」と大声で叫んだ。

ところが、荷川取はそれだけでは済まなかった。

留置場に入っている間にこの事が新聞沙汰となって社会的信用を失墜、提携していた本土企業からは見放され、落ち込んでいるところをさらに妻子に逃げられる。まさに泣きっ面に蜂で、がらんとなっただだっ広い澱《よど》んだ空気の部屋に籠もりっきりでいるのを、あの、刺青《いれずみ》の、悲母観音の、善太郎が一升瓶と、彼女から差し入れの瓶詰めスクガラス一ケースを持って行き、荷川取と関係のあった〈ジュン〉の、純子ママ、パンツ売りの鈴ちゃん、上地のオバァ、ヤギの携帯男に、西表から帰ってきた〈まんじゅまい〉の歌ママとか付録のような工事現場の髭面《ひげづら》連中、観光バスの宇根たちを呼び寄せバケツからの酒でウトーリをまわしまわし、慰めているのかちゃかしているのかわからない言いたいほうだいはちゃめちゃな口上を述べ合い、キジムナーみたいなクイチャーを踊っては指笛を吹きならし、盛んに飲んでいるらしかった。荷川取は、ときおり、ヤギの鳴く酒座で、可愛らしいスクを睨《にら》んで、豆腐にのせて口にはこんでは、涙を溜めた目でひっひっと笑って頭を振り振り、断ち切れない彼女への思いで飲み明かしているということだった。

独特なにおいと味のするエーグヮーの塩煮《マースニー》をつまんでちびりちびり飲みながら、気づかれないように彼女を見つめる。

彼女の話だと、家は二年前、荷川取と付き合っていたときに建ててもらったが、酒を飲むたびにホラを吹いては偉そうなことを言ったり、なにかと恩着せがましいため喧嘩別れになったのに、どうしたことか、わたしが〈サザン・クロス〉に通うようになってからときどき出入りしてはしつこく迫ってくるので思い切って通報したのだといい、家は自分名義になっているからまったく問題はないのだという。そのあと、「これでそっちと気兼ねなく会えるから良かったサ」と言って、ニッと笑った。

わたしの顔にパチッとひびが入り嫌悪感がたちまち身体のなかを駆けめぐる。

正直いってこんな女と付き合っている自分が信じられない。

なにか、どんより濁った深み。たまたまそこへ落ち込んで、どんどん深みにはまっていく。知らず知らずのうち彼女に惹かれていくのと、崖っぷちに追いつめられ一足ごとに、じりじり不安が高まっていくようだった。

わたしが二十歳になったばかりの暮れに亡くなった父だったが、その父は、風のたよりで次男が宮古の女性と付き合っているのを知ると、大酒を呑《の》んで喚《わめ》き散らした勢いで、着物の帯紐《おびひも》を手に不自由な目で手ごろな梁《はり》を探し、椅子に上がって首を掛けているところを、母に目撃されるという騒ぎを起こしている。

幾らの距離もなくなった屋良部《やらぶ》半島の一周道路へ出るのをためらったまま車を停《と》めた。

太陽はやや赤っぽくなりだしている。

いつかの観音堂でのことが切っ掛けになってはいたが、貝を採っての帰り、名蔵湾の護岸で肩を組みながら夕陽を眺めている新婚さんたちを見た彼女が、突然、ウチらもあの岬で見たいと言い出したのだった。両脇を枯れたモクマオウに挟まれた一直線の道を、スピードを出して走らせる。宮良農園近くからハンドルを右に切り、製塩工場を過ぎて、途中見えなくなると、早く、早く、と急かせる。右側に数隻のクリアランス船を浮かべた海を隔てて、屋良部半島が伸びている。ミナヌスクムルちかくの坂道を上りきって、大きく膨らんだ夕陽が目にはいると、さらに急がせる。なんとか間に合い、近くのホテルからの人たち二十人くらいと彼女の産まれた住吉近くの上空にゆっくりと沈んでいく夕陽に見入ったものだった。これが左側へ寄ってきていて、今では西表の山頂にあって落ちていくのだ。

彼女の横顔を見たあと車を走らせ、一周道路へと出る。

海風に撲《う》たれ続けて曲がりくねった松の枝振りが盆栽のようで見事だ。

高台から眺めたときとは違って高く聳《そび》えている木々の数々を眺める。いくらか車を走らせサイロのある牧場近くに車を駐《と》め、気になっていた左手首を見る。そのうちやぶれるだろうと放っておいた薄皮の大きな水ぶくれが、破裂しそうになっている。

車から降りると牧草の茂る高台に腰を下ろす。

これまで彼女は食堂に入るとか貝を採るとか以外はあまり車から降りようとはしなかった。わたしが珍しい植物などを手にとっていても見たいとも思わないのか、車の中にいるばかりだった。初めのうちはそれほど気にも掛けなかったが、依然として変わらない。これらは、押入の中に入っていてそこがほっとする場所だったということと無関係ではない気がしていたから、わたしのほうからなにも言うことはなかった。台風の夜を切っ掛けに、その後、関係をもってはいても、これまでの女性とは違って格別に心を動かされるというのはない。むろん特別な愛情など感じられない。久しぶりに抱いた女に、若い肢体に、惑わされているだけではないか。セックスに明け暮れる彼女。宮古訛《なま》りの強い粗暴な物の言い方で、口の利き方さえ知らない彼女。それも好き嫌いのハッキリした、激しく、毒々しい、性格の持ち主で、わたしとは正反対だ。わたしは何事につけても遠回しにしかものを言わない。相手を傷つけるのは好まない性格《たち》だった。角をまるめ、衝突を避けることを基本にした生活を築いていた。だから亡くなった妻にもよく言われた。ハッキリものを言って欲しいと……。そんなこともあって、野アザミのようなトゲトゲの彼女との一年四ヵ月はメリハリのある日々だった。歳《とし》の差がありすぎて話がかみ合わず困っているのにぜんぜん気にならないと言う。貝を採っているうちはいいけれど、このままだと、どうしても満たされないものがつのる。いまや彼女は重くのしかかりすぎている。わたしはめんどうなことが起きると早めに解放されたいためにいつも結論を急ぐ。これは睡眠を妨げられるとすぐに心身のバランスを欠くということがあったからだ。

アルバムを見たいという母親のため、西表から持ってきたアルバムをベッドに横たわる母親の枕元に置くと、鼻からチューブをとおして細面《ほそおもて》の顔に深い皺《しわ》が刻まれている母親は身体《からだ》をやっとのことで起こし、五、六冊のなかからの古いアルバムをめくっていて、ある写真をしばらくじっと見つめていたが、彼女に向かって、これが和《かず》ちゃんのお母さんだと大柄な女を指さし、和ちゃんの父親はお前のお父さんなのだよ……これは和ちゃんのお母さんが息を引き取るまえに話してくれたのだと悲しみの歳月を痩せ細ったからだからしぼりだすかのように言ったあと、このことは和ちゃんやお父さん、他の兄姉《きょうだい》たちにも黙っていてくれと釘を刺したという。

大きく膨らんだ夕陽が落ちかかっている。

彼女は、「飛べない、翔《と》べないって、ウチを笑えるか?」と言い、甘えるようにしつこくわたしの腕をつねる。

わたしは痣《あざ》のついた腕をさすりながら彼女を見つめたあと、苦笑いをして目を伏せる。

四日前のことだった。

いつも汗だくになりダイビング客を乗せた船を見ていたからなのか、海の中に入りたいなぁ、と呟いたのだった。すると、目を輝かせた彼女は熊手を放り投げ、わたしの手を引くと、西側の幾らか離れた岩場へと駆ける。走りながら断っても聞かない。彼女は人目につかない岩影で服や下着を脱ぐと、そのまま飛び込んだ。わたしは彼女の泳ぐのをながめていた。ところが急かすので、裸になり海に入って胸までのところから岩場へ向かって平泳ぎをくり返していた。これを見て彼女は笑っていたが、水中でわたしの身体に抱きつき後ろから押す。喉《のど》を打ちつける波に、つま先を立てて跳んだりしていると、いつのまにか彼女がいない。たちまちながされる。慌てて形ばかりの立ち泳ぎをしていると、波間を沖へ向かって泳いでいく彼女の姿が見える。焦ったとたん、すーと沈み、海水を呑み込み、バタバタしているうち、とうとう海の底へと沈んでいった。意識をとりもどしたとき、彼女から人口呼吸を受けていた。回復したわたしをみると彼女は身体をさすっては大粒の涙を出し泣き叫んだ。そのとき、これまでとは違う空っぽの心で、彼女の唇へ乾いた唇を重ねたのだった——。

どうしたことか、そのことのあった日から、幼いころの隣の姉さん、あの、台風の夜の、夢の姉さんと彼女が一つになったような妙な感じで、彼女に対するわたしの心が微かにうごきはじめていた。

車から降りた彼女が草を踏みしだいて歩いてくる。シャツの襟の先端が喉元に生えた小さな翼みたいにゆれいまにも羽ばたきそうだ。電話をしてくれないということのふくれっ面は消えている。彼女は傍《そば》に座るとわたしを見つめて肩を叩き、見上げるように指をさした。

彼女の指先の方角を見るとはなしに見てはっとする。

カンムリ鷲だった。

カンムリ鷲が海を背にして電線にとまっている。

ときおり斜めから吹いてくる風に首のまわりや頭の後ろが毛羽立つ。

電柱の先端とは違ってバランスがとりにくいのか前後に微かにゆれる。

初めは見るだけで満足していたカンムリ鷲だったが、飛翔を得意としない、動作の鈍い、勇壮というにはほど遠いのを知ってガッカリしたことさえ、今ではそれらを打ち消してもいい気持ちになっていた。むしろ単独行動をとるカンムリ鷲に、孤独を求めなさい、といった聖母の言葉さえ喚起させる崇高なものを抱《いだ》くようになっていた。彼女にとっては、心のなかから憂鬱の黒い鳥を飛び去らせる役目を果たしているのかもしれない。電柱に留《と》まっているのを見かけると、手を叩いたり、両の手のひらを丸め、法螺貝《ほらがい》みたいに鳴らして合図を送ったりした。カンムリ鷲はそのつど不可解なものでも見るような、それでいて相手にしてないとでもいうような表情をするが、頭をくっと振ったりする。これがおもしろくてなんどもからかったりした。そのうち疲れるのか、きょろろ～きょろろろ～と鳴いて飛び立つ。しつこいくらいカンムリ鷲に語りかけたりしたのもそのときに見せるその美しい綾羽《アヤパニ》が目的だった。彼女がアルバムを取りに帰ったとき、カンムリ鷲を見たといっていた。これまで西表で見ていたはずなのに分からなかったのだという。彼女だけではない。わたしにしてからがそうだった。群れから外れた落ち鷹《ウティダガ》がいるのだとしか見てなかった。わたしと出会ってカンムリ鷲を見る喜びを覚えたのだという。彼女の言葉に西表のカンムリ鷲はどういうものだろうかと想像する。わたしが知らないだけで、屋良部半島や西表から夜の海峡を飛び立つ果敢なカンムリ鷲がいないとも限らない。薄く雲のはった西表島の上空から絵に描いたようなまんまるの光りを失った赤い大きな夕陽が沈みはじめる。ドライブの誘いに乗らなければ、こういう風景をなんども拝《おが》んではいない。採ってきたボウルの中のハマグリに砂を吐きださせるために塩を入れるのだという。そのとき、ふっふっふっと泡がでてきて開き、やがて触手がのびてうごきはじめると、ハマグリの山が崩れだし、深夜、だれもいない部屋での微かな音は身悶《みもだ》えする大きなものとなって話しかけてきたりして、女でさえさまざまな妄想にかられるのだと話す。別れ話を切り出そうとしたときの戸惑い……あのときの落ち着きなさ……人生なんてわからない。不幸のあるところを嗅ぎつけてばたつく蛾のように謎だらけだ。人間の理解を超えている。妻のことにしてもそうだ。人生などまたたくまに過ぎていく。時間の進行を押し止める術《すべ》があるわけではない。左にも転移しているかなり眼圧の高い緑内障の目が、父のようになっていくのであれば、独力で生きていくのは難しい。だれのものでもない、残りの人生をみじめな思いで過ごしたくない。子どものころからスポーツばかりやっていて旅行好きな息子はときどきバイト先のイタリアの料理店から興味のない料理のレシピを兼ねた素っ気ないメールを送ってくる。成長するにつれまばゆいばかりに美しくなり頭を高く反《そ》らし髪を風になびかせていた妻そっくりの、ブロンテ姉妹のファンだった娘は銀行マンと結婚して念願のイギリスに住んでいる。一人として地元にいない。当然のことながら再び家族がひとつになり固い絆で結ばれることはない。やがて還暦を迎えようとしているわたしだが、親子ほどの年齢差のある彼女が一緒に暮らしたいという。欠陥はあるにせよ、彼女の愛を完全に否定することはできない。だからといって妻が遠く雲の彼方へ消えたわけではない。いつも飛び回っている妖精みたいな妻が、わたしの肩にまつわりついている暗い影を希望の光にかえて、好きになさいとささやく気がする。これから心に冷たい風や嵐が吹き荒れるものの、むしろ感謝をしなければならないときがおとずれるかもしれない。夕陽は日の出の光り輝く勢いとは違い、終わりに近い人生の、身の処《ほどこ》し方を悟らせようとする。そのとき、カンムリ鷲が一鳴きして飛び立った。夕陽を横切って薄暗くなった山の茂みへと羽ばたいていく。息の切れかかった夕陽は山なみ上空から瞬く間に消えてしまった。彼女は吸い込んだ息をゆっくり吐きだし手を強く握る。わたしはしばらく肩を寄せつつ、つかの間の生の充足感をかみしめていた。

＊本書収録の作品中、一部、不適切な表現がありますが、作品の時代背景を考慮し、そのままにいたしました。

〈初出〉

洞窟《ガマ》から

２００４年2月30日脱稿、（２０１２年6／21〜7／29までの29回八重山日報連載後さらに改稿）

参考文献・引用・資料

①「八重山開拓記念誌」八重山地方庁発行　②「入植十周年記念誌「米原」③「米原入植二〇周年記念誌」④「ドキュメント八重山開拓移民」金城朝夫　あ〜まん企画　⑤「沖縄大百科事典」沖縄タイムス社　⑥「移住ビジネス―癒しの島・沖縄を求めて（島洋子）」二〇〇六年一月四日―一二日　琉球新報社　⑦「二〇〇六年新年号・エンマ大王がモノ申す」八重山毎日新聞社　⑧「米原リゾートは市民共通の問題」二〇〇六年一月七日八重山毎日新聞社　⑨「施設縮小計画案を提示」二〇〇六年一月七日　八重山毎日新聞社　⑩「ドキュメント沖縄『移住に揺れる島』移住を止めろ！島人の開発とは？」二〇〇七年十月十二日　ＮＨＫ総合

ヒラタバルの月
２００3年10月20日脱稿
「沖縄文芸年鑑」２００4年版掲載　沖縄タイムス社

風の巡礼
２０１3・8／15日脱稿（２０１4・1／6～2／11までの24回八重山日報連載後さらに改稿）

屋良部《やらぶ》半島へ
２００7年12月31日脱稿（２０１2・8／21～11／2までの48回八重山日報連載後さらに改稿）

参考文献・引用・資料

①「〈四七〇キロを仕留める十一歳米少年巨大イノシシ射殺〉二〇〇七年五月二十七日　琉球新報社②「ドキュメント八重山開拓移民」金城朝夫　あ～まん企画　③「世界の映画作家8 今村昌平 浦山桐郎」収録〈シナリオ・神々の深き欲望〉（株）キネマ旬報社　④「沖縄大百科事典」沖縄タイムス社 ⑤「ラブ・ストーリー」エリック・シーガル　角川文庫

あとがき

地域で問題が持ち上がるたびに、壮士《ますらお》のごとく立ち向かっていきたい、荒ぶる気持ちを抑えることが多い。創作している人間特有な〝今はただしっかり視《み》てお
こう〟というのがあるからだ。サッとパッと書いて新聞に載《の》せ、市民の共感を得る、という多少政治的な人間にありがちなことも出来ないではない。だが、これはそういうタイプの人とマスコミ関係の方に任《まか》せておけばいい。

それぞれに分野があるからだ。

これまでこういうことに手が回らず、気まずくなったこともあった。しかし、無関心と言うわけではない。小説の場合だといくらか遅れてあらわれる。プロパガンダではないから当然のことではあるが。行動を起こさないので、小説を書いている人間は軟弱者の役立たずと見られることもある。

それでもいい。だが、誰よりも時間を掛けて視てやろう。ここが違うところだよ、と心の中でうそぶきながら、自分なりの感性で、書くことで、捉《とら》えなおすときが必ず来ると考える。

そういうときだった。石垣市の北部地区で、ホテルが建つことになり、にわかに景観条例の問題が起きた。本土から移り住んでいる人たちは、真っ先に反応する。行動を起こすのが遅い先住人たちに不満を持ちつつとりあえずリーダーシップをとる人間、快適な環境にこだわり、地域の人たちとまるで交わらない無関心を装う人間、など実に様々だ。

彼らの裏地区と呼ばれてきた北部方面の、入植の歴史は浅いが、過去にたびたび襲ってきた強烈な台風や旱魃《かんばつ》との闘いによる貧しさもある。そういうことを踏まえないと、互いに手を取り合う真の連帯は叶《かな》わないだろう。必然的に、戦後アメリカ軍に土地を強制接収されてやってきた沖縄本島の、読谷村《よみたん》出身の若者を主人公にして、「洞窟《ガマ》から」は展開することとなった。

このところ、白装束《しろしょうぞく》をまとってながい白髪をなびかせた女の手綱《たづな》を引く馬に乗せられたわたしが、名蔵の海岸線からヨーンの松林の入り口まで駆けていく夢がくりかえしくりかえしあらわれる。

わたしは十九歳のとき、オートバイ事故で女性の顔面に傷を負わせた。

相手のことを考えると、いくら償《つぐな》っても償いきれるものではない。

わたし自身もトラウマを引きずって生きてきた。その間、彼女は結婚をして幸せな生活を送っていると聞かされている。三十六年も経《た》ち、六十歳近くなった今、再び、あの日の夜に戻り、書くことによって自分を救済したいという切実な気持ちに陥《おちい》った。

これが「ヒラタバルの月」という作品である。

こうすることで区切りを付けるしかなかった。彼女にしても解ってくれるものと思うが、ときとして作品は一人歩きをする。何か言われたとしても弁明の余地はない。

数年後の十月二十三日。いつもの居酒屋で飲んでいたときのこと。

向かい席の飲み友だちがトイレへ立つと、従業員の娘《こ》が耳元で「今日はウチの誕生日です……」とささやき、貰ったケーキをカウンターから持ってくる。トイレからの友だちも加わり、三人で歌を唄ったあと、ローソクを吹き消す。何故《なぜ》か男は始終ご満悦。可笑しなことだとは思いながら、与えられたローソクの匂いの残るケーキに口を付けたあと、ふたたび泡盛を飲み交わす。このトイレからの男、自分が主人公のように振る舞うので、「失礼だけど、アンタの誕生日はいつなの？」

問うと、笑いながら「聞くまでもないだろ」咳払いをしつつ「今日に決まってるじゃん!」と大声で笑う。わたしと従業員の子は顔を見合わせているうち、徐々に顔がほころび、しまいには腹を抱えて爆笑した。

こんな実際のことが、あって、店を切り上げると、家まで歩きながら〝同月同日〟これ、使えないかな、と思いつつ、数日間考えた末、「風の巡礼」を書きだしたのだった。

これなど、創作において、日々の生活のなかでの、偶然でささやかなことも見逃してはならない、という一例になるだろう。

待っていてはいけない。あなたに、しずかに降りてくる女神《ミューズ》の贈り物である、特別なひらめきは、最後まで訪れないかもしれないのだから。

わたしはかなり前から、〝カンムリワシ〟に特別の関心をもっていた。

ところが、意識して観察しだしたのは三、四年前からだった。石垣島一周ドライブをしているとき、頭の中はときたま遭《あ》うカンムリワシのことだけだった。相手からはつまらない退屈な人、と思われたかもしれない。

ドラマチックな小説にはほど遠いものの、「屋良部《やらぶ》半島へ」は離島の人たちを絡《から》めての、ゆるやかなもう一つの戦後史を紡ぐことができたと思っている。それはカンムリワシがわたしの考えていた鷲鷹《わしたか》の猛禽《もうきん》類とは全く違って、温和《おとな》しい、滅びゆく生き物であった、というのと無関係ではないような気もしている。

最後になったが、わたしのスランプのとき、ときどき所用で来島する度に声を掛け、那覇の文学仲間、白石弥生《しらいしやよい》、平田健太郎《ひらたけんたろう》さんたちと交流が持てるように仕向けてくれた、「骨」で第1回琉球新報短編小説賞を受賞、「琉球王国衰亡史」を著《あらわ》した大城将保《おおしろまさやす》（嶋津与志《しまつよし》）さんの励ましは有り難かった。

お蔭で本作品集収録の「ヒラタバルの月」が新沖縄文学賞30周年記念特集号として「沖縄文芸年鑑２００４」に収録されたとき、玉代勢章《たまよせあきら》さんを通して九名の方に呼びかけ、合評会を催すことが出来た。感謝申し上げる。

（２０１１〜２０１４）

二〇二二年六月五日記す

竹本真雄（たけもとしんゆう）プロフィール

一九四八年沖縄県石垣島生まれ。八重山農林高校卒。八二年八重山毎日新聞新年号に「少年よ、夏の向こうへ走れ」を見開き一挙掲載。八八年同人誌「薔薇薔薇」編集人。九〇年「鳳仙花《ほうせんか》」で第18回琉球新報短編小説賞佳作。九九年「燠火《おきび》」で第25回新沖縄文学賞受賞。二〇〇二年「犬撃《う》ち」が第19回織田作之助賞最終候補に。〇八年沖縄タイムス夕刊に〝県内作家シリーズ〟として「黒芙蓉《こくふよう》」を連載。その後、地元の新聞八重山日報で、脈々と受け継がれる八重山人《ヤイマピトゥ》の雰囲気《フンギ》や気質、あるいは合衆国といわれる石垣島の人間模様を、さまざまな角度から照射を試みるエッセイを立て続けに発表。一四年以降、手作り小冊子に載せた作品を数人の読者へ配布。二〇一五年『燠火《おきび》／鱗啾《りんしゅう》』が〝タイムス文芸叢書〟として発売される。一八年『猋風《ひょうふう》』を同社より。一九年第53回沖縄タイムス芸術選賞・奨励賞受賞（小説）。一九年『少年の橋』を沖縄タイムス社から。二〇年初のエッセイ集『鵯《ひよ》が啼《な》く』を同社より刊行。二〇年『猋風《ひょうふう》』が第23回「日本自費出版文化賞」の【小説部門賞】を。二二年『青焰記《せいえんき》』を沖縄タイムス社から。

全作品発表一覧

1970年

【八重山カーブヤー】（1975・10／26　沖縄タイムス『茶のみ話』）
【シャクシメー】（1975・11／7 沖縄タイムス『茶のみ話』「八重山シャクシメー」改題）
【原始凧】（1976・1／6　沖縄タイムス『茶のみ話』「八重山の原始ダコ」改題）
【ハイビスカスと仏桑花《ぶっそうげ》】（1976・2／22　沖縄タイムス『茶のみ話』）
【結び】（1976・3／4 琉球新報『落ち穂』「八重山の結び文化」改題）
【マッチ箱】（1976・3／19 琉球新報『落ち穂』「燐寸」を改題）
【ホタル】（1976・3／20 沖縄タイムス『読者から』「若夏を待つ幼虫」改題）
【子どもの遊び】（1976・4／15 琉球新報『落ち穂』）
【八重山の伝承遊戯】（1976・4／29 琉球新報『落ち穂』）
【石垣と西塘《にしとう》】（1976・5／15 琉球新報『落ち穂』）
【仮面《ペルソナ》】（1976・5／29　琉球新報『落ち穂』）
【はだしのゲン讃歌】（1976・6／13 琉球新報『落ち穂』）
【はるかな鈴の音、民話】（1976・6／27 琉球新報『落ち穂』）
【現代コマ割り演歌】（1976・7／11 琉球新報『落ち穂』）
【星空】（1978・4／30　八重山毎日新聞『日曜随筆』「金のフルートに誘われて」改題）
【「オモロ」にみる天体賛美の解釈について】（1978・2／1同人誌「薔薇薔薇」に発表したものへ加筆、改稿（2013・9／27～29

までの3回連載　八重山日報）
【南《ハイ》ガ星《ブス》探索】（1978・2／1 八重山毎日新聞に発表した「南《ハイ》が星《ブス》とは」を加筆、改稿・2013・11／28〜12／11までの8回連載　八重山日報）
【南十字星を見に】（1978・5／30 八重山毎日新聞『日曜随筆』「南十字はぼくらの星」を改題）
【星航海】（1978・7／9 八重山毎日新聞『日曜随筆』「星による航海術」改題）
【窓からの眺め】（1978・8／13 八重山毎日新聞『日曜随筆』）
【ロッキー】（1978・9／24 八重山毎日新聞『日曜随筆』「ロッキーへのささやき」改題）
【星虫】（1978・10／29 八重山毎日新聞『日曜随筆』「螢の話」改題）
【火の鳥】（1978・12／10 八重山毎日新聞『日曜随筆』「マンガ『火の鳥』の魅力」を改題）
【子どもの遊び】（1979・8／6〜13・15・16・19・23・24・25・26・27 八重山日報連載を改稿・加筆）
【皮を剥《む》く】（1979・1／28 八重山毎日新聞『日曜随筆』「君よ、高く翔べ」改題）
【サーカスの歌】（1979・3／4 八重山毎日新聞『日曜随筆』）

1980年
【銀砂幻夢】（『薔薇薔薇』10号（1980・8／1）発表「銀河へ」を改題・改稿 ショート・ショート）
【少年よ、夏の向こうへ走れ】（『薔薇薔薇』11号（1981・7／20）「少年の夏」を改題改稿、八重山毎日新聞（1982・1／1）発表を、再改稿
【蝶の島―沖縄探蝶紀行―】（書評　1982・8／18　八重山毎日新聞）

【おじさんの凧】（1984・1／1　八重山日報「ふしぎな凧絵師」改題）
【異郷・沖縄・物語】（書評　1984・12／2　八重山毎日新聞）
【紅を抱いて】（書評　1985・3／1　八重山毎日新聞）
【少年の橋】（『薔薇薔薇』12号（1985・1／30）を改稿）
【八重山ピキダマー　―わが人生の随筆集―】（書評　1985・10／3　八重山毎日新聞）
【中国《チャイナ》服の少年】「薔薇薔薇」13号（1986・1／20）を改稿
【青焔記《せいえんき》】第21回新沖縄文学賞（1985年）最終候補作品「少年の河」を、「薔薇薔薇」13号（1986・1／20）に掲載した後、2010年6月改題改稿（2011・8／6～9／6までの13回連載　八重山日報）
【ペス】（1987・2／12　八重山毎日新聞「ペスの声を聴く」改題）
【第1回「24・2の会」展に寄せて】（1987・8／22・23　八重山毎日新聞）
【「宮良信成・色彩の世界」展にあたって】（1987・10／1「色彩の世界・宮良信成そのあしどり」小冊子より）
【さようなら、夏の匂い】「薔薇薔薇」14号（1988・2／10）を改稿
【黒い森から】「薔薇薔薇」14号（1988・2／10）「カラス森伝説」を「バトル・フィールド」に改題改稿（2013・6／25～7／20までの18回八重山日報連載を「銃声」に改題後、「黒い森から」に再改題）
【なつかしい匂い】（1988・6／30「新沖縄文学」76号　沖縄タイムス社）
【絵画2人展に寄せて】（1988・10／3　八重山毎日新聞）
【語りかけるもの】（1989・1／1八重山毎日新聞、巻頭エッセイ「草花は語りかける」改題）
【「少年の橋」のこと】（1989・6／1「環礁」創刊号）

【紙芝居のおじさん】（1989・9／1「環礁」2号）

1990年

【鳳仙花】第18回琉球新報短編小説賞佳作（1991年・1／22 琉球新報朝刊）を「沖縄、ホウセンカ」に改題改稿
【湾岸・漆黒の恐怖】（1991・6／30「新沖縄文学」88号 沖縄タイムス社）
【鼻血にまつわる話】（1990・4／18 八重山毎日新聞、創刊四十周年記念「日曜随想特集」）
【怒りの孤島】（1991・7／12 沖縄タイムス『唐獅子』）
【一瞬の父史】（1991・7／26 沖縄タイムス『唐獅子』）
【私の寄留商人《きりゅうしょうにん》】（1991・8／9 沖縄タイムス『唐獅子』）
【二十歳に民宿で】（1991・8／23 沖縄タイムス『唐獅子』）
【童謡】（1991・9／6 沖縄タイムス『唐獅子』）
【母】（1991・9／20 沖縄タイムス『唐獅子』）
【ブラジルの青空】（1991・10／4 沖縄タイムス『唐獅子』）
【バラのつぼみ】（1991・10／18 沖縄タイムス『唐獅子』）
【兄の自慢】（1991・11／1 沖縄タイムス『唐獅子』）
【キネマの快楽】（1991・11／15 沖縄タイムス『唐獅子』）
【蜥蜴《とかげ》】（1991・11／28 沖縄タイムス『唐獅子』）
【丸刈りゲーム】（1991・12／13 沖縄タイムス『唐獅子』）

【想い出まくら】（1991・12／24　沖縄タイムス『唐獅子』）
【成宮信のカンカラ】（1992・4／10「環礁」4号）
【鷲の歌】（1992・5／26 八重山毎日新聞）
【ロビンソン・クルーソー】（1992・6／23 沖縄タイムス「古典と私」）
【ぎんねむをかたる夜のキララ】（1992・6脱稿 改稿後「月刊ゆう」1997・2／28第111号〜1998・6／20第127号）掲載を再改稿
【「赤と黒」風土からの試み—新城剛追悼個展—】（1992・7／1　八重山毎日新聞）
【風の歌を聴く】（1992・8／12 八重山毎日新聞）
【スピーチ】（1993・1／1 八重山毎日新聞）
【タクシーに乗った男】（1993・4／20 八重山毎日新聞『心に残る私の一冊シリーズ』・村上春樹「回転　木馬のデッド・ヒート」収録）
【肖像画】（1993・4／14 八重山毎日新聞）
【石盛さんとのこと—句集『逆光』に寄せて—】（1994・2／21　八重山毎日新聞）
【赤い花】（1994・5／18 八重山毎日新聞 ショート・ストーリー「紅い花」を改題）
【鵯《ひよ》が啼《な》く】（1994・6／1「情報Ｊａｉｍａ」6月号）
【三合瓶《びん》ライブ】（1994・6／6　八重山毎日新聞 ショート・ストーリー）
【ドリーム】（1994・6／29　八重山毎日新聞 ショート・ストーリー）
【ポニーのころ】（1994・9／1　石垣市立図書館だより『南風』第21号）
【はるかな町】（1994・10／14 琉球新報『晴読雨読』三木卓「はるかな町」）

【帰郷】（1994・10／27 八重山毎日新聞 ショート・ストーリー）
【金星】（1994・11／30 八重山毎日新聞 ショート・ストーリー）
【愛のゆくえ】（1994・12／13 八重山毎日新聞 ショート・ストーリー）
【八重山文学活動（小説）の軌跡―『座標』同人を中心に―】（1995・1／1「情報Jaima」1月号）
【ハブを描《か》く男】（1995・1／17 八重山毎日新聞 ショート・ストーリー「風のボッポッポー」を改題改稿）
【マニラホテルの夜】（1996・8／1「情報やいま」8月号 南山舎）
【スポット・ライト】（1996・9／1「情報やいま」9月号 南山舎）
【ダンシング・ペア】（1998・1／6 八重山毎日新聞 ショート・ストーリー）
【白いつぶやき】（1998・4／1「環礁」5号「成宮信の呟き」を改題）
【鱗《うろこ》の森を抜ける】第24回新沖縄文学賞（1998年）最終候補「優しくぞ降りそそぐ」を、改題改稿（「毒蛇《ハブ》に口づけ」八重山日報（2012・3／14〜5／3までの34回連載）のあと、更に改題改稿
【稲荷《いなり》ずし】（1999・4／30「邂逅」第12号）
【熾火《おきび》】第25回新沖縄文学賞受賞作品「沖縄文芸年鑑」1999年度版・沖縄タイムス社
【黒芙蓉《こくふよう》】（2000・3／15脱稿「県内作家シリーズ」として沖縄タイムス夕刊に2008・7／1〜8／8までの32回連載）

2000年
【まりこ先生とゆりちゃんの波照間島日記 ベスマ！】（書評 2000・4／20「月刊ゆう」5月号）
【タウン誌】（2000・5／20「月刊ゆう」6月号掲載に加筆・改題）

【父の匂ひ】（書評　2000・6／20「月刊ゆう」7月号）

【タマゴ・ラプソディー】（2000・8／20「月刊ゆう」9月号）

【楽園をつくった男】（書評　2000・12／17　沖縄タイムス）

【元祖が語る自分史のすべて】（書評　2000・2／20　沖縄タイムス）

【犬撃《う》ち】（2001・3／15脱稿 2013・8／27～9／26までの24回連載　八重山日報）第19回織田作之助賞・最終候補作品

【詩集「夕方村」】（書評　2001・3／20「月刊ゆう」4月号）

【猋風《ひょうふう》】（2002・4／12脱稿 2011・12／14～2012・2／29までの29回連載「ドッグ・トリップ」を改題　八重山日報）

【髭《ひげ》】（2002・4／12脱稿 2002・8／6「邂逅」第14号）

【ヒラタバルの月】（2003・10／20脱稿　「沖縄文芸年鑑」2004年版掲載　沖縄タイムス社）

【石《たま》、放つ】（2003・2／20脱稿　2009・8／25～9・8 八重山日報連載

【洞窟《ガマ》から】（2004・2／30脱稿　2012・6／21～7／29までの29回連載　八重山日報）

【風と遊んだあの日から】（2004・9／20「八重山抒情」―兼本信知画文集―）

【伊禮和子・短編小説集―形を変えた自分史―】（書評　2005・2／19　沖縄タイムス）

【戦場の「ベビー!」タッちゃんとオカァの沖縄戦】（書評　2005・6／21　八重山毎日新聞）

【一撃】（2005・8／15脱稿　2011・8／25～26　八重山日報）

【校歌二番の歌詞をめぐって】（2005・9／5脱稿　小冊子私家版）

【詩集「しらはえ」】（書評　2005・12／28　八重山毎日新聞）

【眠れる夢を焼く】（2006・12／17　沖縄タイムス「ことばの泉」日曜エッセー）

【屋良部《やらぶ》半島へ】（２００７・12／31脱稿　２０１２・８／21～11／２までの48回連載　八重山日報）

【日傘の女】（２００９・１／３　八重山日報　ショート・ショート）

【「八重山から。八重山へ。―八重山文化論序説―」―砂川哲雄さんへの手紙―】（２００９・２／１脱稿 未発表）

【詩人たちの酒場】（２００９・２／３～４までの２回連載　八重山日報「貘賞のころ」を改題）

【三十三歳の火影《ほかげ》】（２００９・２／17～18までの２回連載　八重山日報）

【氷の家】（２００９・２／26～27までの２回連載　八重山日報）

【夢への階段】（２００９・３／28～29までの２回連載　八重山日報）

【甘い果実】（２００９・４／18～19までの２回連載　八重山日報）

【多良間真牛考《たらまもーし》】（２００９・５／11～23までの13回連載に加筆　八重山日報）

【そば屋のオジィ】（２００９・５／15　子年《ねどし》・還暦祝賀会「記念誌」ショート・ショート）

【落ち穂拾い】（２００９・12／24　八重山日報）

２０１０年

【卍《まんじ》の終わり】（２０１０・１／１　八重山日報）

【水鏡《みずかがみ》】（２０１０・８／31脱稿 ２０１３・４／13～５／17までの25回連載　八重山日報）

【牧野清さんの自分史】（２０１１・２／８　八重山日報）

【静かな樹】（２０１１・２／16～18・21・23までの４回連載　八重山日報）

【八重山風土記―砂川哲雄さんへのハガキ―】（２０１０・12／25脱稿　未発表）

【山羊《ピビジャ》パラダイス】（２０１１・５／20脱稿（２０１２・２／14〜３・10までの21回連載　八重山日報）
【安良《やすら》紀行】（２０１１・６／９脱稿（２０１１・６／25〜28八重山日報）
【兎唇《みつくち》王子】（２０１１・７／24〜26　八重山日報）
【Ｎへのメール】（２０１１・７／31〜８／２　八重山日報）
【青いヤシガニ】（２０１１・10／10〜16までの５回連載　八重山日報）
【安良《やすら》銅山幻想】（２０１１・10／18〜29までの11回連載　八重山日報）
【マングース】（２０１１・11／４〜12までの６回連載　八重山日報）
【「あとがき」をめぐる冒険】（２０１１・11／16〜12・８までの17回連載 八重山日報）
【ユカラピトゥ・キャンギ】（２０１１・12／11〜13までの３回連載　八重山日報）
【アダンの莚《むしろ》】（２０１２・１／30　八重山日報）
【ニコニコそば屋】（２０１２・５／22〜23までの２回連載　八重山日報）
【あの頃のＤＪ】（２０１２・５／24〜26までの２回連載　八重山日報）
【小さな職人さん】（２０１２・５／27〜31までの３回連載　八重山日報）
【鯉のぼり】（２０１２・６／３〜５までの３回連載　八重山日報）
【鮫】（２０１２・８／２〜３までの２回連載　八重山日報）
【詩碑】（２０１２・６／19〜20までの２回連載　八重山日報）
【市制功労賞】（２０１２・７／25日脱稿　小冊子私家版）
【アカナーよ、アカナー】（２０１２・８／８〜11までの４回連載　八重山日報）

【月虹《げっこう》】（2012・9・29脱稿 2013・1／11〜2／16までの26回連載　八重山日報）
【そば屋の娘《こ》】（2012・12／4〜5までの2回連載　八重山日報）
【31時間】（2012・2／2〜4までの3回連載　八重山日報）
【鞴祭り《フーチヌユーエー》】（2012・2／9〜13までの3回連載　八重山日報）
【八重山そば】（2012・12／6〜7までの2回連載　八重山日報）
【ぴぱーずの実】（2012・12／8〜11までの2回連載　八重山日報）
【一杯のそば】（2012・12／12〜13までの2回連載　八重山日報）
【トイレの神】（2012・11／20〜30までの9回連載　八重山日報）
【硫黄《いおう》に馬】（2012・12／15〜30までの15回連載　八重山日報）
【白い風船】（2013・2／17〜21までの5回連載　八重山日報）
【銀杏《いちょう》】（2013・2／24〜28までの3回連載　八重山日報）
【巨大毒蛇《ハブ》】（2013・3／5〜12までの4回連載　八重山日報）
【恩師二人】（2013・3／13〜20までの6回連載　八重山日報）
【てんぷら】（2013・5／23〜25までの3回連載　八重山日報）
【島豆腐】（2013・5／26〜29までの4回連載　八重山日報）
【私残録Ⅰ】【私残録Ⅱ】（2013・5／17脱稿「残瀝《ざんれき》」を改題 未発表）
【コンプレックス】（2013・6／4〜8までの5回連載　八重山日報）
【Xへの献身】（2013・6／15脱稿　小冊子私家版）

【「私信」とされたモノをめぐって】（２０１３・８／２　八重山日報）
【頭髪】（２０１３・６／９〜12までの４回連載　八重山日報）
【モンローの金髪《ブロンド》】（２０１３・６／14〜21までの５回連載　八重山日報）
【八重山生活誌】（２０１３・６／22〜24までの３回連載　八重山日報）
【私のロシアン・ルーレット】（２０１３・７／24〜31までの５回連載　八重山日報）
【アンガマ奇譚】（２０１３・８／３〜13までの10回連載　八重山日報）
【トゥバラーマ余話】（２０１３・８／30脱稿　小冊子私家版）
【梅干し】（２０１３・10／２〜７までの５回連載　八重山日報）
【ブラジル移民】（２０１３・10／12〜26までの13回連載　八重山日報）
【風の巡礼】２０１３・８／15脱稿（２０１４・１／６〜２／11までの24回連載　八重山日報）
【とうばらーま哀歌】（書評　２０１３・11／10　琉球新報）
【西郷星】（２０１３・12脱稿　12／２から18までの６回連載　八重山日報）
【星見石】（２０１３・12／19〜21までの３回連載　八重山日報）
【蛇皮線《じゃびせん》】（２０１３・12／25〜28までの４回連載　八重山日報）
【竹】（２０１４・３／５〜９までの４回連載　八重山日報）
【ホルトノキ】（２０１４・３／22〜28までの３回連載 八重山日報　２０００・７／20「月刊ゆう」８月号掲載に加筆）
【歯災記《しさいき》】（２０１４・２／12〜28までの12回連載　八重山日報）
【石版印刷】（２０１４・３／30〜４／２までの３回連載 八重山日報）

【蒟蒻《こんにゃく》】（2014・3／10脱稿　2020・10／13〜10／16までの4回連載　八重山日報）

【大蛙《おおがえる》】（2014・3／15脱稿　2020・11／20〜11／28までの7回連載　八重山日報）

【天蚕糸《テグス》】（2014・3／15脱稿　2020・11／1〜11／11までの10回連載　八重山日報）

【夜明けのスウィング】（2014・3／15脱稿　小冊子私家版）

【百年竹】（2014・6／4脱稿　2020・9／6〜9／7までの2回連載 八重山日報）

【続「あとがき」をめぐる冒険】（2014・6／8〜20脱稿　小冊子私家版）

【鱗啾《りんしゅう》】（2014・8・2脱稿　2015・8／2沖縄タイムス社より発行〝タイムス文芸叢書〟『燠火《おきび》／鱗啾《りんしゅう》』新書版に収録）

【佐々木マキの表紙】（2014・8／21脱稿　小冊子私家版）

【春樹の表紙カバー】（2014・8／29脱稿　小冊子私家版）

【携帯をあずかる】（2014・10／22脱稿　2016・10／1「月刊やいま」10月号）

【大工さんの話】（2014・12／5脱稿　未発表）

【古本屋物語】（2015・2／3脱稿　2016・10・1「月刊やいま」12月号）

【リスボンまで】（2015・2／25脱稿　2020・初のエッセイ集『鵯《ひよ》が啼《な》く』に収録）

【鷲《バス》ヌ鳥《トゥル》に毒蛇《ハブ》】（2015・3／7脱稿　小冊子私家版）

【離島航路】（2015・3／10脱稿　小冊子私家版）

【ヤラブ樹《き》を伐る】（2015・4／2脱稿『青焔記《せいえんき》』に収録）

【「闇」を視るもの】（2015・4／25脱稿「月刊やいま」7月号）

【くりかえし月読《つくよみ》の如し―蛍火たち―】（2015・7／1脱稿　未発表）

【文芸叢書哀憐】（２０１５・８／８脱稿　小冊子私家版）
【挑むフンドシ、スゥイングするサナジグゥワー】（２０１５・12／８脱稿「月刊やいま」２０１６・３月号）
【茅《かや》の家】（２０１６・１／10脱稿　２０１６・６／１「月刊やいま」６月号）
【黒真珠島夜話】（２０１６・５／17脱稿　小冊子私家版）
【続・黒真珠島夜話】（２０１６・６／１脱稿　小冊子私家版）
【孫傳のサンコーラ】（２０１６・６／18脱稿　２０１６・８／１「月刊やいま」８月号）
【潜入—うごめくもの—】（２０１６・８／29脱稿「火球《かきゅう》」を、２０２１・６／５改題　未発表）
【大浜家《スムスク》の墓】（２０１６・９／９脱稿　未発表）
【竹の墓】（２０１６・11／30脱稿　未発表）
【達人】（２０１４・10／17脱稿　２０１７・１／１「月刊やいま」１・２月合併号）
【仲間たち】（２０１７・４／３脱稿　２０２０・12／５～６までの２回連載　八重山日報）
【双子の星】（２０１７・６／16脱稿　２０１７・３／27～28までの２回連載 八重山毎日新聞）
【ハブ捕り人の受難】（２０１７・６／20脱稿　２０２０・11／29　八重山日報）
【野尻抱影の星】（２０１７・６／21脱稿　２０１７・10／23～24までの２回連載 八重山毎日新聞）
【冬空のソロバン】（２０１７・６／23脱稿　２０１７・１／26～27までの２回連載 八重山毎日新聞）
【メロスの星】（２０１７・７／９脱稿　２０１８・７／21　八重山毎日新聞）
【竜馬が逝《ゆ》く夜】（２０１７・７／13脱稿　２０１７・11／19～21までの２回連載 八重山毎日新聞）
【星座と神話】（２０１７・８／15脱稿　２０１８・10／16 八重山毎日新聞）

【星座手帖】（2017・8／20脱稿　2018・12／4 八重山毎日新聞）
【藤井旭の絵図】（2017・8／20脱稿　2020・6／10・12までの2回連載　八重山日報）
【八重山の星】（2017・8／19脱稿　2020・6／15・16までの2回連載　八重山日報）
【宮沢賢治の銀河】（2017・9／25脱稿　2020・6／13・14までの2回連載　八重山日報）
【ハブ騒動】（2017・9／6脱稿　小冊子私家版）
【筋肉の壊死《えし》】（2017・9／6 21脱稿　小冊子私家版）
【一門の者か？】（2017・12／14脱稿　小冊子私家版）
【タツアーギ星《ブシ》考】（2017・12／17脱稿　2020・11／30〜12／1までの2回連載　八重山日報）
【乙女の祈り】（2018・3／30脱稿　2018・6・3〜4までの2回連載 八重山毎日新聞）
【昔も今も選者であられる】（2018・9／10脱稿　小冊子私家版）
【「猋風《ひょうふう》」の祝い】（2018・10／1脱稿　小冊子私家版）
【書評による余波】（2018・11／10脱稿　小冊子私家版）
【「猋風《ひょうふう》」を謹呈】（2018・12／7脱稿　小冊子私家版）
【鞄《かばん》との出合い】（2019・3／22脱稿　小冊子私家版）
【帰ってから】（2019・3／25脱稿　小冊子私家版）
【「まだんばし家」で砂川さんと】（2019・6／21脱稿　未発表）
【SからTさんへ】（2019・6／25脱稿　未発表）
【ハイノビール身長器】（2019・9／9脱稿　2020・7／2・3までの2回連載　八重山日報）

【みんなの矯正下着】（2019・9／13脱稿　2020・6／28・29・30までの3回連載 八重山日報）
【郷土の力士】（2019・9／18脱稿　2020・7／4・7・8までの3回連載 八重山日報）

2020年
【マカシ婆《アッパー》さんの軽石】（2020・1／10脱稿　2020・6／25・27までの2回連載 八重山日報）
【失うものと得るもの】（2020・6／30脱稿　未発表）
【四季の天文ガイド　沖縄の美ら星】（書評　2020・9／9脱稿　2020・9／12 八重山日報）

2021年
【禁煙火花】（2021・1／17脱稿　2021・3／2〜18までの9回連載　八重山日報）
【葉タバコ乾燥場】（2021・3／13脱稿）
【ドル切り換え】（2021・3／22脱稿　2022・5／20　八重山日報）
【山本さんへの手紙】（2021・6／13 脱稿）
【奇異に思うこと】（2020・8／2脱稿　2021・2／7〜9までの2回連載　八重山日報）
【お粗末な回答】（2021・4／2脱稿　2021・4／21〜22までの2回掲載　八重山日報）
【ヒルギ、いわゆるマングローブについて】（2021・4／23脱稿）
【〈名蔵湾の干潟にマングローブ植える訳〉の石垣島エコツーリズム協会会長谷崎樹生さんへ】（2021・4／25脱稿）
【まぎらわしい題名に変わった〈名蔵湾の干潟にマングローブは無かった？〉㊤㊦の谷崎樹生さんへ】（2021・4／28脱稿）

【崎枝湾に植樹を続ける谷崎樹生さんへ】（2021・4／30脱稿）
【メヒルギ、ヤエヤマヒルギ、マングローブの林に思う】（2021・5／2 脱稿）
【紅樹林《マングローブ》を歩く】（2021・5／5脱稿）
【崎枝村の「トゥマタ松」節】（2021・5／8脱稿）
【エビとマングローブ】（2021・7／10脱稿）
【「沖縄の犯科帳」から】（2021・12／15脱稿）

2022年

【人生いろいろ】（2022・1・7脱稿　1／20八重山日報）
【真久田巧《さとし》のことども】（2022・2／28脱稿　2022・5／12八重山日報発表の「真久田巧《さとし》のことの」を改題）
【好ましからざること】（2022・7／21脱稿）
【パイナップル工場】（2022・12／1脱稿）
【母の、パイナップルの匂い】（2022・12／25 脱稿）

2023年

【あの日に帰れないけど】（2023・2／5脱稿）
【星を仰ぎて】（2023・3／3 脱稿　2023・3／6　八重山毎日新聞）
【ふじい旭の新星座絵図】（2023・3／10 脱稿）

【大城貞俊『父の庭』を読む】（2023・4／26脱稿）
「沖縄ノート」への周辺】（2023・5／20 脱稿）
【散歩時の粟石《あわいし》】（2023・6／20脱稿）
【よみがえる粟石《あわいし》】（2023・6／25 脱稿）
【星のカンタータ】（2023・7／20 脱稿）
【離島の女教師】（2023・8／10 脱稿）
【毒蛇《ハブ》の絵画展】（2023・8／20 脱稿）
【粟石、粟石塀《あわいしべい》あれこれ】（2023・7／1 脱稿）
【眞喜志さんに会う】（2023・8／30 脱稿）
【上原君と陸上クラブ】（2023・9／10 脱稿）
【外間くん】（2023・10／10 脱稿）
【木の実を代表するもの】（2023・10／20 脱稿）
【暴走】（2023・11／10 脱稿）
【南静園】（2023・11／20 脱稿）
【10月の夜空】（2023・11／30 脱稿）
【日野啓三と私】（2024・1／5 脱稿）
【島の冬景色を奏《かな》でる】（2024・1／5 脱稿）
【用一さんからの全集】（2023・11／30 脱稿）

【ハスノハギリの米櫃《こめびつ》】（2023・11／30 脱稿）

2024年

【父母《ちちはは》からの話、二つ】（2024・1／5 脱稿）

洞窟《ガマ》から

二〇二四年十二月二十七日　発行

著　者／竹本《たけもと》真雄《しんゆう》

沖縄県石垣市字石垣二七—三

発売元／株式会社沖縄タイムス社

沖縄県那覇市久茂地二—二—二

印刷所／有限会社サン印刷

ISBN 978-4-87127-716-7